CW01621565

12, AVENUE D'ITALIE. PARIS XIIIe

Sur l'auteur

Lilian Jackson Braun, née en 1916, vit en Caroline du Nord. En 1966, Lilian Jackson Braun écrit la première intrigue de la série policière qui met en scène Jim Qwilleran et ses chats détectives. Malgré l'engouement du public, elle interrompt la série jusqu'en 1986 où, à l'âge de soixante-dix ans, elle publie *Le chat qui voyait rouge*, qui rencontre alors un succès retentissant jamais démenti depuis. Le 28e volume de la saga, *Le chat qui jetait des peaux de banane*, a reçu en 2005 le prix de la Fondation 30 Millions d'amis.

LILIAN JACKSON BRAUN

LE CHAT QUI CONNAISSAIT SHAKESPEARE

Traduit de l'américain
par Marie-Louise NAVARRO

10
18

« Grands Détectives »

créé par Jean-Claude Zylberstein

Titre original :
The Cat Who Knew Shakespeare

© Lilian Jackson Braun, 1988.
© Éditions 10/18, Département d'Univers Poche, 1991
pour la présente édition.
ISBN 978-2-264-05279-7

CHAPITRE PREMIER

Dans le Comté de Moose, à six cents kilomètres au nord de partout, il commence toujours à neiger en novembre, et il neige.. il neige... il neige...

D'abord, toutes les marches disparaissent sous deux pieds de blancheur. Puis les barrières et les buissons ne sont plus visibles, enfin les poteaux indicateurs deviennent de plus en plus courts jusqu'à ce que les caractères se transforment en signes cabalistiques. Ecouter le bulletin météorologique est l'occupation principale de tout le monde dans le Comté de Moose et se débarrasser de la neige la principale industrie. Les chasse-neige dégagent des montagnes immaculées qui cachent tous les bâtiments et obligent les habitants à traverser un tunnel pour gagner la rue. Dans la ville de Pickax, siège du comté, il n'est pas rare de voir des gens venir à ski faire leurs achats en ville. Si l'aéroport ferme, ce qui est fréquent, le Comté de Moose devient un îlot de congères et de glace. Tout commence toujours en novembre par une tempête que les résidents appellent « la Grande Tempête ».

Dans la soirée du cinq novembre, Jim Qwilleran se reposait dans sa confortable bibliothèque en compagnie de ses amis. Une atmosphère de contentement régnait. Ils avaient bien dîné, la gouvernante leur ayant préparé une soupe aux coquillages et des escalopes de veau panées. L'homme à tout faire avait empilé des bûches de pommier dans la cheminée et les flammes projetaient des lueurs dansantes sur les étagères de livres reliés qui tapissaient les quatre murs de la pièce. Les lampes à abat-jour donnaient une teinte dorée aux divans, aux fauteuils de cuir et aux tapis de Boukhara.

Qwilleran, un homme robuste, dans la force de l'âge, dont la caractéristique principale résidait dans son épaisse moustache, était assis devant un bureau anglais et écoutait le bulletin météorologique à la radio – l'un des nombreux petits appareils portatifs répandus dans la maison à cet effet.

« Rafraîchissement ce soir, avec des pointes à moins dix degrés », prédit le météorologiste de la WPKX, « vents violents avec possibilité de chute de neige, dans la soirée ou demain ».

Qwilleran éteignit la radio :

– Si vous n'y voyez pas d'inconvénient, les gars, dit-il aux deux autres, je voudrais quitter la ville pour quelques jours. Il va y avoir six mois que je ne suis pas allé au Pays d'En-Bas et mes copains du journal doivent penser que je suis mort. Mrs. Cobb vous servira vos repas et je serai de retour avant que la neige ne commence à tomber... je l'espère. Croisez seulement vos deux pattes.

Quatre oreilles brunes se tournèrent avec vivacité vers lui à cette déclaration. Deux masques bruns, avec de longues moustaches blanches et des yeux d'un bleu incroyable, abandonnèrent le flamboiement des bûches pour considérer l'homme assis devant le bureau.

Plus vous parlez aux chats, avait-on dit à Qwilleran, plus ils deviennent astucieux. Un occasionnel « bon minet » ne suffisait pas. Il fallait une conversation intelligente. Le système, avait-il découvert, fonctionnait. Les deux siamois installés sur la carpette devant la cheminée réagirent comme s'ils comprenaient exactement ce qu'il venait de dire. Yom Yom, l'affectueuse petite femelle, le regarda avec une expression qui paraissait pleine de reproches. Koko, le superbe mâle musclé, se leva de l'endroit où il était allongé avec une majesté léonine, se dirigea vers le bureau et protesta en articulant des reproches explicites : « Yao-o-o ! »

— J'attendais un peu plus de compréhension et de considération de votre part, leur dit l'homme.

Arrivé à la cinquantaine, Qwilleran devait faire face à une crise. Après une vie entière passée dans de grandes métropoles, il vivait maintenant à Pickax, petite ville de trois mille âmes. Après une carrière de journaliste disposant de revenus modestes, il était maintenant millionnaire — ou multimillionnaire, il ne le savait même pas au juste. En tout cas, il était le seul héritier de la fortune Klingenschoen fondée dans le Comté de Moose au dix-neuvième siècle. L'héritage comprenait, entre autres biens, une grande résidence dans la rue principale, entretenue par trois employés dévoués, un garage pour quatre voitures, une limousine. Même après plus d'un an, il trouvait ce style de vie étrange. En tant que journaliste, il s'était toujours intéressé à découvrir une histoire, à contrôler des faits et à protéger ses sources. Maintenant son principal souci, comme celui de tous les autres adultes dans le Comté de Moose, semblait être le temps, spécialement en novembre.

Quand les siamois réagirent négativement à sa proposition, Qwilleran caressa sa moustache, en réfléchissant.

— Néanmoins, dit-il, il est impératif que je parte. Arch Riker quitte le *Daily Fluxion* et je dois assister à la réception qui est donnée à cette occasion, vendredi soir.

Au temps où il vivait en célibataire dans son appartement d'une seule pièce principale, Qwilleran n'avait jamais désiré de l'argent ou des biens matériels et parmi ses collègues journalistes, il n'était pas noté pour sa générosité. Mais le jour où la fortune Klingenschoen lui échut, il étonna tout le monde en conviant tous les employés du *Daily Fluxion* à un dîner en l'honneur de son ami, au Club de la Presse. Il était donc impensable qu'il n'assistât pas à la cérémonie.

Il avait l'intention d'inviter Junior Goodwinter, le jeune rédacteur en chef du *Pickax Picayune*, seul journal du Comté de Moose. Il composa le numéro du journal et dit :

— Salut, Junior. Aimeriez-vous m'accompagner au Pays d'En-Bas pour quelques jours, à mes frais ? Il doit y avoir une réception et un dîner au Club de la Presse.

— Oh ! Je n'ai jamais vu de Club de la Presse, sauf au cinéma. Pourrons-nous visiter les bureaux du *Daily Fluxion* ?

Junior avait l'air et s'habillait comme un étudiant et faisait montre d'un innocent enthousiasme qui était rare chez un journaliste possédant un diplôme *cum laude* d'une grande université.

— Nous pourrons peut-être assister à un match de hockey et voir une ou deux pièces de théâtre, dit Qwilleran, mais il faudra garder un œil sur le bulletin météorologique et rentrer avant les premières chutes de neige.

— Il y a une basse pression qui vient du Canada, mais je pense que nous serons à l'abri pendant un certain temps encore, dit Junior. Quelle est la raison de cette réception ?

— Nous célébrerons la retraite d'Arch Riker. Et voici ce que je vous propose : apportez une centaine d'exemplaires du *Picayune*. Après le dîner, je prononcerai quelques mots sur le Comté de Moose et ferai allusion au *Picayune*. A ce moment-là, vous vous lèverez et distribuerez le journal.

— Dois-je porter une casquette de base-ball et crier « Numéro spécial » ?

— Vous avez tout compris, dit Qwilleran, mais la véritable prononciation est « Rospécial ». Tenez-vous prêt à neuf heures, vendredi matin. Je passerai vous prendre à votre journal.

Le bulletin météorologique du vendredi matin n'était pas très encourageant.

« De basses pressions, venant du Canada, augmentent la possibilité d'abondantes chutes de neige, ce soir et demain, avec des vents soufflant du nord-est. »

La gouvernante de Qwilleran exprima ses craintes :

— Qu'allez-vous faire Mr. Q. si vous ne pouvez revenir avant l'arrivée de la neige ? Si la tempête est ce que l'on craint, l'aéroport sera fermé pour Dieu sait combien de temps.

— Eh bien, je vais vous le dire, Mrs. Cobb, je louerai un traîneau avec des chiens pour rejoindre Pickax.

— Oh Mr. Q. ! Je ne sais jamais si je dois vous croire ou non !

Elle préparait un plat appétissant de foies de poulet sautés avec une garniture d'œufs durs et de bacon grillé qu'elle posa par terre. Yom Yom avala sa part avec empressement, mais Koko refusa de manger. Quelque chose le tracassait.

Les deux chats avaient un pelage beige avec les marques sombres du siamois Seal Point de haut lignage, accentuées par le bleu de leurs yeux, des oreilles alertes qu'ils portaient comme une couronne et de longues queues effilées qui s'agitaient ou s'enroulaient pour exprimer leurs émotions et leurs opinions. Mais Koko possédait, en outre, une intelligence hors du commun et une façon mystérieuse de découvrir ce qui n'allait pas. Ce matin, il avait fait tomber un livre d'une étagère de la bibliothèque.

— C'est une très mauvaise habitude, lui avait dit Qwilleran. Ces livres sont anciens et rares, ils doivent être traités avec respect, sinon avec révérence.

Il examina le livre. C'était un exemplaire relié en cuir de *La Tempête* — l'un des trente-sept volumes des pièces de théâtre de Shakespeare dont il avait hérité avec la maison.

Avec un sombre pressentiment, Qwilleran remit le volume en place. C'était un malheureux choix de titre. Toutefois il était bien décidé à se rendre à la réception en l'honneur de Riker, en dépit de Koko, de Mrs. Cobb et du service météorologique de la radio locale WPKX.

Une heure avant le départ de l'avion, il prit sa voiture pour aller au bureau du *Picayune* chercher Junior et son sac de journaux. Tous les immeubles de la grande rue avaient plus d'un siècle et étaient construits en pierre de taille grise dans une grande variété de styles architecturaux. Le local du *Picayune*, écrasé entre l'imitation d'un palais viennois et la copie d'une maison romaine, ressemblait à un vieux monastère espagnol.

Une odeur d'encre flottait dans tout le bâtiment, mais les locaux eux-mêmes avaient l'air d'un musée. Il n'y avait pas de réceptionniste alerte et souriante — seulement une cloche pour appeler. Il n'y avait pas davantage de préposé aux petites annonces derrière le comptoir. Qwilleran regarda avec attention cette pièce silencieuse. Des classeurs en bois, des tables usées en vieux chêne, des crochets pointus pour clouer les commandes d'annonces et les souscriptions, de vieux exemplaires du *Picayune*, jaunes et écornés, épinglés sur les murs qui n'avaient pas été repeints depuis la Grande Dépression. Derrière la séparation en vieux chêne doré surmontée d'une vitre barbouillée se trouvait la salle de composition. Un homme seul se tenait devant son pupitre, oublieux de tout ce qui n'était pas la ligne de caractères qu'il était en train de composer d'un rapide mouvement de la main.

A la différence du *Daily Fluxion* qui avait une large diffusion approchant le million d'exemplaires, les presses antiques du *Picayune* sortaient seulement trois cent vingt exemplaires de chaque numéro. Alors que le *Fluxion* adoptait toutes les méthodes de technologie avancée, le *Picayune* ressemblait toujours au journal fondé par l'arrière-grand-père de Junior. Les quatre pages imprimées à la main comprenaient les petites annonces classées et le « carnet du jour », en première page. Les naissances, les fiançailles, les mariages et les nouvelles nécrologiques étaient longuement exposées, alors que les faits divers, la politique internationale étaient relégués à la dernière page, sinon totalement ignorés.

Qwilleran donna un coup de poing sur la cloche et Junior Goodwinter descendit en courant l'escalier qui conduisait au bureau de rédaction, au premier étage, suivi par un gros chat blanc.

— Quel est cet animal trop bien nourri ? demanda Qwilleran.

— C'est William Allen, notre chasseur de souris attitré, dit Junior, comme si tous les journaux avaient un chat parmi leur personnel.

En tant que rédacteur en chef, Junior écrivait la plus grande partie de la copie et plaçait presque toute la publicité. Senior Goodwinter, propriétaire et imprimeur, passait la majeure partie de son temps dans l'atelier de composition, vêtu d'un tablier en cuir et coiffé d'un chapeau carré, confectionné dans un journal plié. Il disposait les caractères sur son composteur avec une expression de concentration et d'extrême satisfaction. Il exerçait ce métier depuis l'âge de huit ans.

Junior lui cria :

— Au revoir, papa! Je serai de retour dans quelques jours.

L'homme occupé par son travail tourna la tête et dit avec bonté :

— Amuse-toi bien, Junior, et sois prudent.

— Si tu veux te servir de ma Jag, pendant mon absence, les clefs sont sur mon bureau.

— Merci, fiston, mais je ne crois pas en avoir besoin. Le garagiste a dit que ma voiture serait prête à cinq heures. Prends garde à toi!

— Entendu, papa et soigne-toi bien!

Un regard chaleureux fut échangé entre les deux hommes et Qwilleran regretta pendant un instant de ne pas avoir de fils. Il aurait aimé en avoir un comme Junior, mais peut-être un peu plus grand et plus robuste. A eux deux, ils représentaient le fossé des générations. Qwilleran était un homme au visage austère, avec des cheveux grisonnants et des yeux tristes. Junior avait des yeux gris et un visage frais et vif. Il était vêtu de jeans et portait des baskets. Ce fut lui qui ouvrit la conversation par une question abrupte :

— Pensez-vous que j'aie l'air trop jeune, Qwill?

— Trop jeune pour quoi?

— C'est une idée de Jody. Elle pense que personne ne me prendra jamais au sérieux.

— Avec votre corpulence et votre visage juvénile, vous aurez l'air d'avoir quatorze ans à soixante-quinze ans, répondit Qwilleran, et ce n'est pas plus mal. Ensuite, vous changerez du jour au lendemain et vous paraîtrez cent ans.

— Jody pense que je devrais me laisser pousser la barbe.

— Ce n'est pas une mauvaise idée. Votre jeune amie ne manque pas de bon sens.

— Ma grand-mère prétend qu'avec une barbe je ressemblerais à l'un des sept nains.

— Votre grand-mère me paraît pleine d'humour, Junior.

— Grandma Gage est un personnage. C'est la mère de ma mère. Vous devez l'avoir vue en ville. Elle conduit une Mercedes et klaxonne à toutes les intersections.

Qwilleran ne marqua aucune surprise. Il savait que les plus anciens résidents du Comté de Moose étaient des individualistes impénitents.

— Avez-vous eu des nouvelles de Mélinda, depuis qu'elle a quitté Pickax ? demanda Junior.

— Deux fois. Elle est très occupée à l'hôpital. Elle a eu raison d'aller à Boston. Elle pourra se spécialiser.

— Mélinda n'a jamais vraiment souhaité être médecin d'une petite ville, mais elle était bien décidée à vous épouser puisqu'elle est même allée jusqu'à s'installer chez vous.

— Je crains de ne pas être fait pour le mariage. J'en ai eu la triste expérience et il n'aurait pas été juste de commettre la même erreur avec Mélinda. J'espère qu'elle rencontrera un homme bien à Boston.

— J'ai entendu dire que vous aviez planté des jalons du côté de la Bibliothèque municipale.

Qwilleran tira sur sa moustache :

— Je ne sais pas ce que votre expression imagée sous-entend. Disons que j'apprécie la compagnie de Mrs. Duncan. A notre époque où tout est visualisé, il est agréable de rencontrer quelqu'un qui partage mon goût pour la littérature. Nous nous rencontrons et faisons de la lecture à haute voix.

— Oh ! bien sûr, dit Junior, d'un air entendu.

— Quand allez-vous épouser Jody ?

— Avec le salaire que me paie mon père, je ne peux même pas me permettre d'avoir un appartement. J'habite encore chez mes parents, à la ferme. Jody gagne deux fois plus que moi et elle n'est qu'assistante chez le chirurgien-dentiste.

— Mais vous possédez une Jaguar !

— C'est le cadeau de Grandma Gage, quand j'ai été diplômé. Elle est la seule de la famille à avoir de la fortune. Je serai son héritier, mais ce n'est pas pour demain. Elle a quatre-vingt-deux ans et elle fait encore de la culture physique tous les jours et me bat au pushing-ball. Les gens vivent vieux dans le Comté de Moose, sauf accident. L'un de mes ancêtres a été tué parce que son cheval a été attaqué par un vol d'étourneaux. Mon grand-père Gage a été foudroyé par un éclair, un jour d'orage. J'ai un oncle et une tante qui ont été tués par un élan qui a renversé leur voiture. C'était une énorme bête qui a traversé le pare-brise. Ce n'est pas un accident rare. Actuellement, selon les statistiques, il y a dix mille élans dans ce pays.

Qwilleran ralentit et se mit à surveiller les poteaux indicateurs sur le bord de la route.

— C'est la saison de la chasse à l'arc et les chasseurs rendent les animaux nerveux, poursuivit Junior. Le matin de bonne heure et le crépuscule sont les moments où les élans traversent la route nationale.

— Tous les dix mille ? demanda Qwilleran, en ramenant sa vitesse à quatre-vingt-dix kilomètres à l'heure.

— Il y a de la brume, remarqua Junior, et le ciel est bas.

— Quand la première neige commence-t-elle à tomber ?

— Le record a été le 2 novembre 1919, mais d'habitude il n'y a pas de grosse chute de neige avant la mi-novembre. La pire a été le 13 novembre 1931. Trois basses pressions atmosphériques qui venaient de l'Alaska, des montagnes Rocheuses et du golfe se sont rencontrées au-dessus du comté de Moose. Beaucoup de personnes se sont perdues dans cette blancheur immaculée et sont mortes de froid. Quand la grande tempête commence, mieux vaut rester chez soi ou, si vous êtes surpris au volant, ne pas sortir de votre voiture.

En dépit des risques de ce pays du Nord, Qwilleran commençait à envier ces gens. Ils avaient des racines. Des familles comme les Goodwinter remontaient à plusieurs générations — au temps où l'on faisait fortune dans les mines et dans le commerce du bois. Les deux organisations les plus importantes de Pickax étaient la Société historique et le Club généalogique. La route de l'aéroport était jalonnée par l'histoire : mines abandonnées, terrils, villes fantômes identifiables seulement par quelques cheminées qui avaient subsisté, un dépôt de chemin de fer écroulé, les restes dénudés d'arbres noircis par les incendies de forêt.

Après quelques minutes de silence, Qwilleran s'aventura à poser une question personnelle à Junior :

— En tant que diplômé d'une école de journalisme, *cum laude*, que ressentez-vous pour le *Picayune*? Vivez-vous à la hauteur de vos possibilités? Croyez-vous qu'il soit juste de s'en tenir au XIXe siècle?

— Plaisantez-vous? Mon ambition est de faire un journal moderne du *Pic*. Mais papa veut le garder tel qu'il était il y a cent ans. Il comptait sur nous, ses enfants, pour maintenir la tradition, malheureusement mon frère est parti pour la Californie où il fait une carrière dans la publicité et ma sœur a épousé un fermier du Montana. Alors, je suis cloué ici.

— Le comté aurait besoin d'un véritable journal. Pourquoi n'en créez-vous pas un et ne laissez-vous pas votre père garder le *Picayune*? Vous n'entreriez pas en compétition avec lui. Le *Pic* est une spécialité en soi. N'avez-vous jamais envisagé une solution de ce genre?

Junior lui jeta un regard de panique et répondit d'une voix tremblante :

— Je n'aurais pas les moyens d'ouvrir un

dépôt de limonade. Nous sommes ruinés. C'est la raison pour laquelle je travaille pour des clopinettes. Chaque année nous nous enfonçons un peu plus. Papa a vendu tout le terrain qui nous appartenait et la ferme elle-même est hypothéquée. Je ne devrais pas vous dire cela. Il y a longtemps que ma mère pousse papa à vendre le journal. Elle s'inquiète vraiment mais papa ne veut rien écouter. Il continue à composer ses caractères et s'endette chaque jour davantage. Il prétend que c'est toute sa vie, sa véritable raison de vivre. L'avez-vous jamais vu en train de composer ? Il peut faire plus de trente-sept lettres à la minute, sans même regarder.

Le visage de Junior reflétait son admiration.

— Oui, je l'ai vu et j'ai été impressionné, dit Qwilleran. J'ai également vu vos presses au sous-sol. Certaines semblent dater du temps de Gutenberg.

— Papa collectionne les vieilles presses. Il en a une pleine grange. La première presse de mon arrière-grand-père était actionnée avec une pédale, comme une vieille machine à coudre.

— Votre riche grand-mère ne vous apporterait-elle pas une aide financière, si vous vouliez créer un journal ?

— Grandma Gage n'avancera plus un sou. Elle nous a déjà tirés du pétrin à deux reprises. Elle a payé les primes d'assurances et a permis que nous allions tous les trois au collège. Hé ! Pourquoi ne créeriez-vous pas un journal vous-même, Qwill ? Vous êtes plein de fric.

— Je n'ai aucun intérêt ou aptitude pour les affaires, Junior. C'est pour cela que j'ai constitué le trust Klingenshoen. Les hommes d'affaires s'occupent de tout et me donnent mon argent de poche. J'ai passé vingt-cinq ans dans le journalisme et maintenant je souhaite seulement un peu de paix et de tranquillité pour écrire.

— Où en est votre livre ?

— Il progresse, dit Qwilleran, en pensant à sa machine à écrire négligée, à sa table en désordre et à ses notes éparpillées.

A l'aéroport, ils se garèrent dans le champ qui servait de parking. Le bâtiment qui accueillait les voyageurs n'était guère qu'un hangar où se trouvaient un guichet pour acheter les billets et un comptoir pour poser les bagages. Le directeur de l'aéroport, qui vendait les billets et faisait office de pilote à mi-temps, était occupé à balayer le sol.

— Allons-nous avoir notre première tempête de neige ? demanda-t-il gaiement.

Lorsque les deux hommes montèrent à bord de l'avion bimoteur pour la première étape de leur voyage, ils furent assez avisés pour éviter toute conversation personnelle. Il y avait quinze autres voyageurs et trente oreilles aux écoutes. Le Comté de Moose disposait d'un téléphone arabe plus efficace pour diffuser les nouvelles que le *Picayune* et la radio locale WPKX réunis. Sans s'être consultés, Qwilleran et Junior parlèrent de sport jusqu'à ce que le petit appareil atterrît à Minneapolis et leur permît de monter dans un Jet.

— J'espère qu'ils servent un repas, à bord, dit Junior. Qu'allons-nous avoir pour dîner, au Club de la Presse ?

— J'ai commandé une soupe à l'oignon, une côte de bœuf à l'os et une tarte aux pommes.

— Oh ! Bravo.

Il y eut une attente à Chicago, avant de pouvoir prendre le dernier avion du voyage. Ensuite, ils eurent à peine le temps de descendre à l'hôtel Stilton, de consulter le bulletin météorologique et il fut l'heure d'aller au Club de la Presse.

— Les reporters sportifs seront-ils là ? demanda Junior.

— Il y aura tout le monde, depuis les chroniqueurs les plus chevronnés jusqu'aux garçons de course — que l'on appelle maintenant des « préposés ».

— Seront-ils froissés si je leur demande un autographe ?

— Ils seront flattés.

Au Club, Qwilleran fut reçu comme l'enfant prodigue, mais il se rappela que quiconque inviterait l'équipe au complet à ses frais serait fêté comme un héros. Un photographe lui administra une tape amicale sur le dos en lui demandant quel effet il éprouvait d'être millionnaire.

— Je vous le dirai l'année prochaine, le quinze avril, répondit Qwilleran, lorsque j'entrerai en possession de l'héritage.

Un des reporters voulut savoir s'il aimait vivre « là-haut ».

— Le Comté de Moose ne fait-il pas partie de la ceinture de neige ?

— Exactement, c'en est la boucle.

— Eh bien, de toute façon, veinard, vous évitez la violence des villes.

— Nous connaissons aussi la violence, répondit Qwilleran, tornades, ouragans, incendies de forêt, faune sauvage, chutes d'arbres, inondations à la fonte des neiges, mais la violence de la nature est plus facile à accepter que la violence humaine. Nous n'avons jamais eu de maniaque qui enlève des gosses dans des autobus scolaires comme cela s'est produit ici la semaine dernière.

— Avez-vous toujours ce chat qui est plus brillant que vous ?

Au Club de la Presse, Qwilleran avait la réputation d'être un détective amateur. Il était aussi bien connu que Koko était responsable de son succès.

Qwilleran expliqua à Junior :

— Peut-être n'avez-vous pas remarqué la photographie de Koko qui est affichée dans l'entrée avec celles des lauréats du prix Pulitzer ? Un jour je vous parlerai de ses exploits. Vous ne me croirez pas, mais je vous les raconterai quand même.

Au cours de l'heure suivante, Junior rencontra les éditorialistes et les reporters dont il lisait les articles dans l'édition régionale du *Fluxion* et il avait du mal à cacher son excitation. D'un autre côté, l'hôte d'honneur était visiblement abattu. Arch Riker était satisfait de quitter son emploi au *Fluxion*, mais cette retraite anticipée était assombrie par le naufrage de son mariage.

— Quels sont vos projets ? demanda Qwilleran.

— Eh bien, je passerai les fêtes du Thanksgiving avec mon fils à Denver et Noël avec ma fille dans l'Oregon. Ensuite, je ne sais pas encore.

A la fin du repas, le directeur du journal offrit la traditionnelle montre en or à Riker et Qwilleran rendit hommage à son vieil ami. Il conclut par quelques mots sur le Comté de Moose :

— Mesdames et messieurs, la plupart d'entre vous n'ont jamais entendu parler du comté de Moose. C'est le seul comté clandestin de l'Etat. Les cartographes oublient parfois de le situer sur la carte. Beaucoup de législateurs pensent qu'il appartient au Canada. Cependant, il y a cent ans, le Comté de Moose était le plus riche de l'Etat grâce à ses mines et à son exploitation forestière. Aujourd'hui, c'est le paradis des vacances pour ceux qui aiment la pêche, la chasse, le bateau et le camping. Nous avons deux caractéristiques que j'aimerais souligner : notre température idéale de mai à octobre et un journal qui n'a pas changé depuis sa fondation, il y a un siècle. Junior Goodwinter, le plus jeune rédacteur en chef en activité, écrit lui-même tous les articles. A une époque de communication par satellite, il n'est pas facile d'écrire avec une plume d'oie et de l'encre de seiche. Puis-je vous présenter Junior et le *Pickax Picayune* ?

Junior saisit sa casquette de base-ball et des exemplaires du journal et parcourut la salle à manger en criant : « Demandez le *Picayune* ! »

Il distribua le journal autour de la table. Les invités se mirent à le parcourir, d'abord avec un sourire, puis avec de gros rires. Sur la première page se trouvaient les petites annonces :

A VENDRE : vieille poutre en bon état ainsi qu'une robe de mariée taille 38, non utilisée.

DÉPÊCHEZ-VOUS : Si votre vieux tacot menace de ne pas passer l'hiver, vous trouverez peut-être une bonne occasion au garage Hackpole, ou peut-être pas, mais vous ne le saurez qu'en y allant.

VIENT D'ARRIVER : un nouveau lot de caleçons longs aux Magasins Familiaux Bills et Cie. La qualité n'est plus ce qu'elle était et les prix ont augmenté depuis l'année dernière, mais que diable, mieux vaut vous prémunir avant la Grande Tempête !

Partageant la première page avec ces exemples de véritables petites annonces se trouvaient le « carnet du jour » avec des titres en lettres capitales :

RECORD PRESQUE BATTU :

Il y avait soixante-quinze voitures aux funérailles du capitaine Fugtree, la semaine dernière. La plus longue procession depuis 1904 où cinquante-deux buggies et trente-sept voitures à cheval paradèrent jusqu'au cimetière à l'enterrement d'Ephraïm Goodwinter.

RÉCEPTION DE FIANÇAILLES :

Miss Doreen Mayfus a fêté ses fiançailles jeudi dernier. La future épousée a ouvert vingt-quatre paquets de cadeaux. Des rafraîchissements ont été servis accompagnés de petits fours et de sandwiches au piment.

CÉLÉBRATION D'ANNIVERSAIRE :
Mr. and Mrs. Alfred Toodle ont célébré leur soixante-dixième anniversaire de mariage par un dîner offert par sept de leur onze enfants, Richard Toodle, Emil Toodle, Joseph Toodle, Conrad Toodle, Donna Toodle, Dorothy (Toodle) Fugtree et Estelle (Toodle) Campbell. Etaient également présents trente petits-enfants, quatre-vingt-deux arrière-petits-enfants et treize arrière-arrière-petits-enfants. Le dîner a eu lieu au restaurant de la famille Toodle. Le gâteau d'anniversaire était décoré par Betty Ann Toodle.

Au milieu de l'éclat de rire général — tout le monde lisait à haute voix — le directeur du Club de la Presse se glissa au bout de la table et chuchota à l'oreille de Qwilleran :

— Un appel interurbain pour vous, Qwill. Prenez-le dans mon bureau.

Avant de se lever pour aller répondre, Qwilleran s'écria :

— Merci à tous d'être venus, mes amis. Je vous annonce que le bar est ouvert.

Il fut absent assez longtemps pour donner quelques appels téléphoniques personnels puis, lorsqu'il revint, il attira Junior à l'écart :

— Il faut nous en aller, Junior. Nous partons tout de suite. J'ai changé nos réservations. Arch, saluez tout le monde de notre part, s'il vous plaît. Cas de force majeure.

— Que se passe-t-il ? demanda Junior.

— Je vous expliquerai plus tard.

— Mais, mon sac...

— Oubliez votre sac.

Qwilleran entraîna le jeune homme dans l'escalier et le poussa dans un taxi qui attendait en bordure du trottoir, le moteur en marche.

— Hôtel Stilton en vitesse et brûlez tous les feux rouges, ordonna Qwilleran.

— Eh bien ! dit Junior, stupéfait.

— Combien de temps vous faut-il pour boucler votre valise et monter sur le toit de l'hôtel où l'hélicoptère nous attend pour nous conduire à l'aéroport ?

Qwilleran n'eut le temps de s'expliquer qu'après être monté dans l'hélicoptère de la police :

— J'ai reçu un appel urgent de Pickax, cria-t-il, pour dominer le bruit du moteur. La Grande Tempête se prépare. Nous devrons la prendre de vitesse. Tenez-vous prêt à courir. L'avion nous attend pour s'envoler.

Lorsqu'ils furent, enfin, installés dans le Jet, Junior remarqua :

— Hé ! Comment avez-vous réussi à mettre tout en branle ? Je n'étais jamais monté dans un hélicoptère de la police.

— Avoir travaillé au *Fluxion* offre des avantages, surtout si vous avez coopéré avec la police et versé votre obole aux œuvres des veuves de policiers. Navré d'avoir gâché nos projets.

— Oh ! Peu importe, je ne regrette pas de manquer le reste du spectacle.

— Nous devrions arriver à temps à Chicago

pour prendre la liaison pour Minneapolis. Nous avons de la veine que les horaires concordent.

Pendant le reste du voyage, Qwilleran se montra silencieux, mais Junior n'arrêtait pas de parler :

— Tout le monde a été merveilleux, les gars du service des sports m'ont dit qu'ils m'inviteraient dans la loge de la presse, dès que je reviendrais en ville. Un chroniqueur de faits divers va écrire un article sur le *Picayune* de mardi et Mr. Bates m'a dit que je pourrais avoir du travail si jamais je quittais Pickax.

Qwilleran réserva son sentiment. Il savait ce que valaient les promesses du directeur. Cet homme avait la mémoire courte.

Junior poursuivit :

— Beaucoup de femmes travaillent au *Fluxion*, n'est-ce pas? Aussi bien comme reporters que comme photographes. Connaissez-vous cette jolie rousse qui portait des bas verts?

Qwilleran secoua la tête :

— C'est une nouvelle. Elle est venue après mon départ.

— Elle est photographe de presse et travaille pour les magazines nationaux. Elle viendra peut-être dans le Comté de Moose, au printemps prochain, pour faire un reportage sur les mines abandonnées. Ce ne serait pas une mauvaise idée.

— Non, dit Qwilleran.

Il était toujours anormalement calme quand ils montèrent dans le petit avion, peu après minuit. Il occupait le siège près du hublot et en se tournant pour regarder Junior il observa un homme assis de l'autre côté qui tenait un journal déployé. Ce voyageur regarda cette page durant tout le vol.

Il ne lit pas, pensa Qwilleran. Il écoute. Et il n'est pas d'ici. Personne dans le Comté de Moose n'a cet air gourmé.

Arrivé à l'aéroport, ce passager alla au comptoir pour louer une voiture.

— Junior, murmura Qwilleran, qui est ce type avec un imperméable noir ?

— Je ne l'ai jamais vu. On dirait un voyageur de commerce.

Cet homme n'était pas un voyageur de commerce, se dit Qwilleran. Il y avait quelque chose de pas très catholique dans ses manières, dans sa façon de marcher, d'examiner son entourage.

En roulant vers Pickax, aux petites heures du matin, Junior perdit, enfin, un peu de son exubérance et remarqua l'attitude réservée de Qwilleran.

— J'espère qu'il n'est rien arrivé de fâcheux chez vous, Qwill ? Vous avez parlé d'un cas de force majeure.

— En effet, mais ce n'est pas chez moi. Votre mère a téléphoné à ma gouvernante et Mrs. Cobb m'a appelé au Club de la Presse. On a besoin de vous. Il n'y a pas de sombres prévisions atmosphériques. Je vous ai menti à ce sujet.

Qwilleran tourna à droite.

— Hé ! Où allez-vous ? Ne me conduisez-vous pas à la ferme ?

— Nous allons à l'hôpital, Junior. Il y a eu un accident. Un accident de voiture.

— Papa ! s'écria Junior, est-ce grave ?

— Très grave. Votre mère vous attend à l'hôpital. Je ne sais pas comment vous annoncer la nouvelle, Junior, mais vous devez le savoir. Votre père est mort sur le coup. C'était sur le Vieux Pont de bois.

Ils s'arrêtèrent devant l'hôpital. Junior sauta de la voiture sans un mot et courut vers le bâtiment.

CHAPITRE DEUX

LUNDI ONZE NOVEMBRE. « D'épais nuages noirs couvrent tout le ciel du comté. Promesse de chute de neige avant la nuit. Température actuelle à Pickax zéro degré avec probabilité de descendre jusqu'à moins dix » annonça le bulletin météorologique de la radio WPKX.

Le lundi matin, les écoles, les magasins, les bureaux et les restaurants de Pickax restèrent fermés jusqu'à midi, en raison des funérailles. Le temps était froid, gris, humide et triste. Cependant une foule abondante se réunit devant la Vieille-Eglise-de-Pierre, sur la place. Des passants se groupèrent à l'intérieur du square. Frissonnants et les pieds humides, ils balançaient leurs bras et tapaient du pied pour se réchauffer ; certains allaient jusqu'à boire un peu d'alcool. Tous attendaient pour voir un record battu : la plus longue procession de voitures depuis 1904.

Des véhicules de police bloquaient la grande rue pour faciliter la formation du cortège. Des voitures noires, portant un drapeau rouge sur le pare-chocs, étaient alignées quatre par quatre, d'un trottoir à l'autre.

En se frayant un passage dans la foule du square, Qwilleran regarda les visages et écouta le murmure des voix. Des petits garçons qui avaient grimpé sur la fontaine pour avoir une meilleure vue furent délogés par un officier de police et sévèrement réprimandés.

Rassemblés à l'intérieur de l'église se trouvaient les diverses branches du clan Goodwinter ainsi que les notabilités de la ville, les membres de la chambre de commerce et de différents clubs. En dehors de l'église il y avait les lecteurs du *Picayune*, des ménagères, des fermiers, des commerçants, des retraités, des employés, des chasseurs. Tous assistaient à un événement qu'ils se rappelleraient toute leur vie et décriraient aux futures générations, comme leurs grands-parents leur avaient décrit les funérailles d'Ephraïm Goodwinter.

Parmi eux se trouvait un homme qui était visiblement étranger à la scène. Il circulait au milieu de la foule et regardait dans toutes les directions, en observant les visages. Il portait un imperméable noir et Qwilleran espéra que celui-ci avait une épaisse doublure, car le froid était vif.

Un chasseur vêtu d'une chaude veste fourrée bavardait avec un homme qui portait une casquette à large visière et qui mâchait du tabac à chiquer.

— Ça va faire une fameuse procession, plus longue que celle du capitaine Fugtree !

Le fermier cracha son tabac :

— Près de cent, à mon avis. Le capitaine en avait soixante-quinze, selon le journal.

— Heureusement, on a pu l'enterrer avant que la neige ne commence à tomber. On dit à la radio que de fortes chutes vont se produire.

— Il ne faut pas croire ce qu'ils racontent à la radio. Cette tempête qui venait du Canada s'est dissipée bien avant d'atteindre la frontière.

— Où est-ce arrivé ? demanda le chasseur. Je parle de l'accident.

— Sur le Vieux Pont de bois. Il est traître. Nous n'avons pas cessé de harceler les autorités pour que les planches soient consolidées et qu'on l'élargisse. Il paraît qu'il a enfoncé le garde-fou et passé par-dessus pour aller atterrir sur les rochers de la rivière. La voiture a pris feu. C'était un véritable cercueil, à ce qu'on raconte.

— Il devrait y avoir un procès.

— Il conduisait probablement trop vite. Il a dû heurter un élan.

— Il ne faut pas oublier que c'était vendredi soir aussi, ajouta le chasseur, avec un clin d'œil entendu.

— Pas lui, c'est elle qui courait la prétentaine. Pour lui, il n'y avait que son travail qui existait. Il s'endormait sur son marbre. Mais il y a une malédiction sur toute la famille. Vous savez ce qui est arrivé à son paternel ?

— Ouais, mais il ne l'avait probablement pas volé, d'après ce que j'en sais.

— Et puis il y a eu son oncle. Il y avait quelque chose de louche dans cette histoire.

— Et son grand-père. On n'a jamais tiré au clair ce qui lui est arrivé. Que va devenir le journal, maintenant ?

— Le gamin va le reprendre, dit le fermier.

La quatrième génération. On ne peut prédire ce qu'il va faire. Ces jeunes vont à l'école et y puisent de drôles d'idées.

Les voix se turent quand les cloches se mirent à sonner le glas et que le cercueil fut sorti de l'église, suivi par les membres de la famille. La veuve, enfouie sous ses voiles noirs, était accompagnée par son fils aîné. Junior marchait à côté de sa sœur du Montana. Sur les trottoirs et dans le square, les femmes se signèrent et les hommes retirèrent leur couvre-chef. Il y eut une longue attente, tandis que les membres du cortège funèbre montaient silencieusement dans les voitures dirigées par de jeunes hommes en costumes noirs, coiffés de toques en fourrure noire. A un signal, des hommes en uniformes se mirent en rang et brandirent des instruments de musique en cuivre. Puis l'orchestre de Pickax entonna une marche funèbre et la longue file de voitures s'ébranla.

Qwilleran baissa les oreilles de sa casquette, releva le col de sa veste et se dirigea à travers le square vers l'endroit qu'il appelait maintenant sa maison.

La Résidence Klingenshoen dont Qwilleran avait hérité était l'un des cinq bâtiments importants du square où se terminait la rue principale. La place plantée d'arbres était garnie de quelques bancs et d'une fontaine en pierre. Sur l'un des côtés se trouvait la Vieille-Eglise-de-Pierre, puis la Petite-Eglise-de-Pierre et une vénérable Cour de Justice. En face, se dressaient la Bibliothèque municipale et la Résidence Klingenshoen, comme les habitants de Pickax l'appelaient.

C'était un édifice massif à deux étages, qui occupait un vaste terrain et qui représentait certainement la maison la plus importante et la plus somptueuse de la ville.

Pour un homme qui avait choisi de vivre la plus grande partie de sa vie dans des appartements meublés ou des hôtels, toujours en route comme un romanichel, cette résidence princière était un sujet d'inconfort et d'embarras. En fin de compte, Qwilleran avait décidé d'en faire don à la ville comme musée, mais pendant cinq ans, il n'avait que l'usufruit des biens et ne pouvait en disposer. Il était donc obligé de vivre dans ces vastes pièces aux plafonds de six mètres de haut, sous ces nombreux lustres en cristal, au milieu de meubles d'époque, français et anglais, parmi des objets d'art valant une fortune.

Qwilleran avait résolu le problème en s'installant dans le quartier des domestiques au-dessus du garage, tandis que sa gouvernante occupait la somptueuse « suite française » dans la maison principale.

Gouvernante n'était pas exactement le mot pour désigner Iris Cobb. Ancienne antiquaire et expert agréé au Pays d'En-Bas, elle tenait maintenant la maison, dressait un catalogue des collections, des meubles et des objets d'art, en vue du futur musée. Elle était également excellente cuisinière et aimait mettre la main à la pâte. Silhouette ronde, dans ses ensembles vieux rose, en dépit de ses diplômes et de son incontestable compétence en matière artistique, la veuve de C.C. Cobb confectionnait de délectables pâtés en croûte, des tartes, des confitures et aimait plaire au sexe opposé. Elle était aussi encline à regarder les hommes avec un air d'adoration, à travers les verres épais de ses lunettes.

Lorsque Qwilleran revint des funérailles, elle préparait un jambon braisé :

— J'ai regardé par la fenêtre et j'ai vu toutes ces voitures, dit-elle, la procession doit avoir plus d'un kilomètre.

— La plus longue de toute l'histoire de Pickax, dit Qwilleran, ce ne sont pas seulement les funérailles d'un homme, mais ce pourrait bien être l'enterrement d'un journal qui a plus d'un siècle.

— Avez-vous vu sa veuve? Ce doit être terrible pour elle, dit Mrs. Cobb, avec l'expérience d'une femme qui a vécu deux fois cette épreuve.

— Les trois enfants de Mrs. Goodwinter l'accompagnent, ainsi qu'une femme âgée qui doit être Grandma Gage, comme l'appelle Junior. Elle est menue, mais droite comme un général de brigade. Y a-t-il eu des appels téléphoniques en mon absence?

— Non, mais le livreur du Vieux Moulin a apporté du pâté de foie de porc surgelé, en timbales. C'est une nouvelle idée et il voudrait avoir votre opinion. Je l'ai mis dans le frigo.

Qwilleran fit la grimace :

— Ce clown ne va pas tarder à avoir mon opinion. Je ne toucherai pas à ce foie de porc, même s'il me payait pour le faire.

— Oh! mais ce n'est pas pour vous, Mr. Q. Il est destiné aux chats. Le chef expérimente des produits surgelés pour animaux.

— Eh bien, sortez-en deux du réfrigérateur et ces matous trop gâtés en feront leur dîner. A propos, avez-vous trouvé des livres sur le tapis de la bibliothèque ? Koko les fait tomber des étagères et je n'approuve pas cette nouvelle manie.

— Je n'ai rien remarqué de particulier.

— Il a jeté son dévolu sur les volumes de Shakespeare reliés en peau de porc. Hier, j'ai trouvé Hamlet par terre.

Derrière les verres épais de Mrs. Cobb il y eut un éclair malicieux :

— Croyez-vous qu'il sache que j'ai fait cuire un jambonneau ?

Il fallut trente secondes à Qwilleran pour comprendre qu'en anglais « Hamlet » pouvait désigner un jambonneau.

— Il a parfois une façon tortueuse de se faire comprendre, Mrs. Cobb, mais celle-ci ne me semble pas correspondre à sa tournure d'esprit, dit Qwilleran. Quel jour sommes-nous ? Lundi ? Je suppose que vous sortez, ce soir. Dans ce cas, je me charge de nourrir les chats.

Le visage de sa gouvernante s'éclaira :

— Herb Hackpole m'a invitée à dîner. Un endroit particulier, m'a-t-il dit. J'espère que ce sera le Vieux Moulin. On dit que la cuisine est bien meilleure depuis que le nouveau chef a repris l'affaire.

Qwilleran tira sur sa moustache, signe personnel de désapprobation.

— Il est grand temps que ce grippe-sou vous invite à dîner. Il me semble que c'est toujours vous qui allez chez lui pour lui faire la cuisine.

— Oh ! mais cela me plaît ! dit Mrs. Cobb, les yeux brillants.

Hackpole avait un commerce de voitures d'occasion et la réputation d'être un homme odieux, cependant elle le trouvait séduisant. Il avait des diables tatoués sur les bras, portait les cheveux taillés en brosse et négligeait souvent de se raser, mais elle aimait les hommes rudes. Qwilleran se souvenait que son mari avait été un grossier personnage et qu'elle l'aimait tendrement et l'avait beaucoup pleuré. Depuis qu'elle sortait avec Hackpole, son visage rond était redevenu positivement radieux.

— Si vous voulez inviter quelqu'un à dîner, dit Mrs. Cobb, vous pourrez servir le jambon braisé et la tarte aux poires que vous aimez. Je laisserai aussi des pommes de terre boulangères dans le four, vous n'aurez qu'à sortir le plat quand la sonnerie retentira.

Elle connaissait l'inaptitude de Qwilleran à faire la cuisine.

— C'est très aimable à vous. J'inviterai peut-être Mrs. Duncan.

— Ce serait une excellente idée, dit la gouvernante, avec un air conspirateur, comme si elle pressentait une intrigue. Je mettrai le couvert dans la bibliothèque sur la table en marqueterie avec les chandeliers et le service de Madère. Mr. O'Dell allumera un feu de bois. Ces bûches de pommier sentent si bon !

— Ne me préparez pas un couvert trop intime. Il ne faut pas effaroucher mon invitée.

— C'est une charmante personne, Mr. Q. et juste de l'âge qui convient, si vous me permettez de le dire. Elle a beaucoup de personnalité pour une bibliothécaire.

— C'est une nouvelle profession. Aujourd'hui, les bibliothécaires ont moins de livres et beaucoup plus de matériel audiovisuel... sans parler des réceptions et des personnalités qui y assistent.

Après le déjeuner, Qwilleran fit le tour du square avant d'aller à la Bibliothèque municipale qui était la copie d'un temple grec. Elle avait été construite par le fondateur du *Picayune*, au début du siècle, et un portrait d'Ephraïm Goodwinter ornait l'entrée, bien qu'il fût, en partie, masqué par le matériel vidéo. Il y avait également un accroc, qui avait été mal réparé, dans la toile.

La foule des jeunes qui venaient à la sortie de l'école n'avait pas encore envahi les lieux, aussi Qwilleran fut-il accueilli par quatre assistantes. Les jeunes femmes étaient toujours attirées par cet homme à la grosse moustache et aux yeux tristes. De plus, il faisait maintenant partie du conseil d'administration et il était, de surcroît, l'homme le plus riche de la ville.

Vêtu de son épaisse veste Mackinaw et coiffé d'un chapeau en laine, Qwilleran gravit l'escalier en montant les marches trois par trois. Il nourrissait d'agréables pensées. Polly Duncan était une femme charmante bien qu'un peu énigmatique. Elle avait une voix qu'il trouvait à la fois calmante et stimulante.

Elle leva les yeux de son bureau et lui adressa un sourire cordial, mais quelque peu professionnel.

— Quelle agréable surprise, Qwill ! Quelle mission urgente vous amène-t-elle aussi précipitamment ?

— Je suis surtout venu pour entendre votre voix mélodieuse, dit-il, avant de citer un de ses vers favoris de Shakespeare : *Sa voix fut toujours affectueuse, timide, chose excellente chez une femme.*

— C'est dans le *Roi Lear* acte 5, scène 3, dit-elle aussitôt.

— Polly votre mémoire est incroyable, *Vos paroles me confondent, je ne vous raille pas, c'est plutôt vous qui avez l'air de me railler.*

— C'est la réplique d'Hermia, dans le 3e acte, scène 2, du *Songe d'une nuit d'été*. N'ayez pas l'air aussi surpris, Qwill, mon père était un spécialiste de Shakespeare. Dès notre enfance nous connaissions ses pièces par cœur, comme les autres écoliers leur table de multiplication. Etes-vous allé aux funérailles, ce matin ?

— Je les ai suivies du square et cela m'a donné une idée. Selon vos assistantes, personne n'a jamais écrit une histoire de Pickax. J'aimerais m'y essayer. A votre avis, trouverai-je une documentation suffisante ?

— Laissez-moi réfléchir. Vous pourriez commencer avec les Goodwinter et consulter votre collection sur les généalogies.

— Avez-vous d'anciens exemplaires du journal ?

— Seulement ceux remontant à vingt ans. Avant, tout a été détruit par les souris ou l'humidité et, il faut bien le reconnaître, par le manque de soin. Mais je suis certaine que le bureau du *Picayune* possède une collection complète.

— Y a-t-il quelqu'un que je puisse interviewer ? Une personne qui aurait travaillé au journal, il y a soixante ou soixante-dix ans ?

— Vous devriez vous renseigner au Club des vétérans. Tous ont plus de quatre-vingts ans. La présidente est Euphonia Gage.

— Est-ce la vieille dame qui possède une Mercedes et klaxonne beaucoup ?

— Description succincte ! Senior Goodwinter était son gendre et, bien qu'elle ait la réputation de conduire brutalement, elle pourrait vous fournir des informations de première main.

— Polly, vous êtes un trésor ! A propos, êtes-vous libre pour dîner, ce soir ? Mrs. Cobb a préparé un repas trop copieux pour un pauvre célibataire. J'ai pensé que vous accepteriez de le partager avec moi.

— Avec plaisir. Je ne resterai pas tard, mais nous pourrons faire un peu de lecture à haute voix, après dîner. Vous avez une voix merveilleuse, Qwill.

— Merci, dit-il en retroussant sa moustache. Je vais rentrer me gargariser.

En se tournant pour partir il jeta un coup d'œil par-dessus le balcon donnant dans la salle de lecture.

— Qui est cet homme, là, avec une pile de livres devant lui ?

— Un historien du Pays d'En-Bas. Il fait des recherches sur les premières exploitations minières. Il m'a demandé si je pouvais lui recommander un bon restaurant. Je lui ai suggéré Stéphanie et Le Vieux Moulin. Avez-vous une autre idée ?

— Je le pense, dit Qwilleran, en remettant son chapeau sur sa tête, avant de faire le tour du balcon pour descendre et aller s'arrêter devant la table où se tenait l'homme.

Il s'adressa à lui dans une parodie de l'accueil amical des gens du Nord.

— Comment va, l'ami ? Notre bibliothécaire m'a dit que vous cherchiez un endroit pour bien boulotter. Vous devriez essayer Otto Pasty. Vous y mangerez votre content pour cinq dollars. Allez-vous rester longtemps parmi nous ?

— Jusqu'à ce que j'aie terminé mon travail, dit l'historien, sur un ton un peu crispé, en se penchant sur ses livres.

— Si vous voulez vous taper un hamburger et une bière, vous pouvez essayer l'hôtel Booze.

— Merci, dit l'homme, d'un ton froid.

— Je vois que vous lisez des livres sur les vieilles mines. Mon grand-père a été tué dans un éboulement, en 1913. Je n'étais pas encore né. Avez-vous visité certaines de ces mines abandonnées ?

— Pas encore, dit l'homme, en prenant ses livres et en se levant.

— La plus proche est la Trisdale. On peut dîner pas loin de là. Je vous recommande le haricot de mouton.

Après avoir enfilé son imperméable noir, l'étranger s'éloigna rapidement vers l'escalier.

Satisfait de voir l'exaspération de son interlocuteur, Qwilleran redressa son chapeau, boutonna sa veste et partit. Il savait, à son manque total d'intérêt, que cet homme n'était pas ce qu'il prétendait être.

A cinq heures et demie, Herb Hackpole vint chercher son invitée. Il se gara dans l'allée et klaxonna. Mrs. Cobb se précipita vers la porte de service avec l'excitation d'une jeune fille à son premier rendez-vous. A six heures moins le quart, Qwilleran servit aux chats les timbales de foie de porc. Il s'agissait d'une révoltante bouillie ; contre toute attente, les siamois accueillirent l'innovation du chef avec la queue aplatie sur le sol pour montrer leur intense satisfaction.

A six heures, Polly Duncan arriva — à pied, ayant laissé sa voiture, datant de six ans, derrière la bibliothèque. Si elle avait été vue dans l'allée de la Résidence K. l'événement aurait fait l'objet de toutes les conversations de Pickax. Tout le monde connaissait le modèle, l'année et la couleur de la voiture de chacun.

Polly n'était pas aussi jeune et mince que les femmes que Qwilleran avait l'habitude de fréquenter, mais c'était une personne cultivée et sa voix l'émouvait toujours. Elle semblait aussi brûler d'un feu intérieur, bien qu'il n'eût pas mis sa théorie à l'épreuve. La bibliothécaire manifestait une certaine réserve, en dépit de son évidente sympathie, et elle insistait toujours sur la nécessité de rentrer chez elle de bonne heure.

Il l'accueillit à la porte — chef-d'œuvre de bois sculpté et d'incrustations en cuivre.

— Où est la neige que l'on nous a promise ? demanda-t-il.

— En novembre, la WPKX prédit tous les jours que la neige va tomber et, tôt ou tard, elle a raison. Cette maison ne cessera jamais de m'impressionner.

Elle regardait avec admiration le grand hall d'entrée avec son escalier majestueux, terminé par une balustrade extravagante. Le lustre de cristal de Baccarat éclairait les tapis persans.

— Cette maison n'appartient pas à Pickax. Elle semble venir d'ailleurs. Je suis stupéfaite que les Klingenschoen aient possédé de tels trésors et je suis persuadée que personne ne s'en doutait.

— C'était la revanche des Klingenschoen pour n'avoir pas été acceptés dans la bonne société.

Qwilleran escorta son invitée vers l'arrière de la maison.

— Nous allons dîner dans la bibliothèque, mais Mrs. Cobb m'a recommandé de vous montrer son jardin potager mobile dans le solarium.

La pièce dallée avait de larges portes-fenêtres, une forêt de plantes vertes et quelques fauteuils en rotin. L'adjonction hivernale était une charrette en fer forgé contenant huit pots en argile étiquetés : menthe, aneth, thym, basilic et quelques autres herbes aromatiques. Polly approuva :

— Les herbes aiment le soleil, mais pas trop de chaleur. Où Mrs. Cobb a-t-elle trouvé cette idée astucieuse ?

— Elle a dessiné le modèle et un de ses amis l'a fait exécuter. Vous le connaissez peut-être : Herb Hackpole. Il s'occupe de voitures d'occasion.

— Oui, son garage est en train d'équiper ma voiture pour l'hiver. Pneus spéciaux et antigel. Comment trouvez-vous votre nouveau train de pneus, Qwill ?

— Je vous le dirai quand il aura neigé.

Dans la bibliothèque les lampes étaient allumées, les bûches flambaient dans la cheminée et la table était dressée avec l'argenterie, la porcelaine et les verres en cristal. Les quatre murs de livres étaient coupés par des bustes en marbre d'Homère, Dante et Shakespeare.

— Les Klingenschoen lisaient-ils ces livres? demanda Polly.

— Je pense qu'à l'origine ils ont été placés là comme décoration, sauf peut-être quelques romans lestes de 1923. Au grenier j'ai trouvé des caisses de livres policiers et de romans brochés.

— Au moins quelqu'un lisait. Espérons que ces beaux livres ont aussi eu leurs lecteurs.

Elle prit un volume écorné à la reliure passée :

— Voici quelque chose qui devrait vous intéresser : *Le Pickax illustré*, édité par le Club Booster, avant la Grande Guerre. Sur la page de garde figure une photographie de l'immeuble du *Picayune* avec les employés.

Qwilleran regarda cette photographie d'hommes avec des moustaches en croc, des cols cassés, leurs tabliers en cuir, les cheveux coiffés avec une raie au milieu.

— On dirait qu'ils font face au peloton d'exécution, dit-il. Merci, en tout cas. Ce livre me sera utile.

Il servit un apéritif à son invitée. Elle choisit un sherry sec et ne buvait jamais plus d'un verre. Pour lui-même, il se versa un verre de jus de raisin.

— *A votre santé*, dit-il en français.

— *Santé*, répondit-elle, avec un regard prudent.

Elle portait un tailleur gris foncé, un chemisier blanc et des chaussures en cuir marron, ce qui semblait constituer son uniforme de bibliothécaire, mais elle avait essayé d'égayer un peu sa toilette par un foulard en cachemire. La mode ne faisait pas partie de ses préoccupations et sa coupe de cheveux sévère n'était pas du dernier cri... mais sa voix... Elle était douce, aimable, basse et profonde à la fois. De plus, Polly connaissait Shakespeare sur le bout des doigts.

Après un silence durant lequel Qwilleran se demanda ce que pensait Polly, il remarqua :

— Vous rappelez-vous ce prétendu historien dans la salle de lecture ? Il avait bien une pile de livres devant lui, sur les premières exploitations minières, mais je doute que ce soit la véritable raison de sa présence ici.

— Qu'est-ce qui vous fait dire cela ?

— Il n'avait pas l'air d'un chercheur en quête d'informations et il ne prenait pas de notes. Je pense qu'il lisait pour passer le temps.

— Alors qui est-il et pourquoi cherche-t-il à cacher son identité ?

— Je pense que c'est un enquêteur du bureau des narcotiques. FBI ou quelque chose comme ça.

Polly eut l'air sceptique.

— A Pickax ?

— Je suis sûr qu'il y a plus d'un squelette qui dort dans certains placards, Polly, et la plupart des gens du cru savent à quoi s'en tenir. Des ragots ne manquent pas de circuler partout.

— Je ne qualifierai pas les rumeurs que vous pouvez entendre de ragots, dit-elle, soudain sur la défensive. Les gens des petites villes partagent des informations. C'est une façon de s'intéresser à autrui.

Qwilleran dressa un sourcil cynique.

— Eh bien, ce mystérieux étranger ferait mieux de terminer sa mission avant la première chute de neige, ou bien il sera obligé de prendre racine dans la salle de lecture jusqu'au dégel du printemps... une autre question, que va-t-il arriver au *Picayune* maintenant que Senior n'est plus là ?

— Le journal va probablement mourir de sa belle mort. Il représente une idée qui a survécu à son temps.

— Avez-vous bien connu les parents de Junior ?

— Seulement de façon fortuite. Senior était une brute au travail. C'était un homme charmant, mais pas du tout mondain. Gritty aime la vie de club, le golf, le bridge, les dîners dansants. Je voulais qu'elle fasse partie de notre conseil d'administration, mais c'était trop monotone pour son goût.

— Gritty ? Est-ce le prénom de Mrs. Goodwinter ?

— Elle s'appelle Gertrude, mais il y a une certaine clique ici qui a conservé ses surnoms d'adolescentes : Muffy, Buffy, Bunky, Dodo. Je dois reconnaître que Mrs. Goodwinter est une femme de caractère, pour le meilleur ou pour le pire. Elle tient de sa mère. Euphonia Gage est une femme courageuse.

Une sonnerie discrète retentit dans la cuisine. Qwilleran alluma les chandelles, plaça une cassette dans l'appareil stéréo et servit le dîner.

— Vous semblez connaître tout le monde à Pickax, remarqua-t-il.

— Pour une nouvelle venue, je ne me défends pas mal, dit-elle. Je ne suis là que depuis vingt-cinq ans.

— Je me doutais que vous veniez de l'Est. Nouvelle-Angleterre ?

Elle acquiesça :

— Alors que j'étais à l'université, j'ai épousé un natif de Pickax et nous sommes venus ici pour tenir la librairie de ses parents. Malheureusement, elle a fermé peu après… lorsque mon mari a été tué, mais je n'ai pas voulu retourner dans l'Est.

— Il devait être encore très jeune.

— En effet. Il faisait partie des volontaires pour lutter contre les incendies. Je me souviens d'un jour très sec du mois d'août. Il y avait du vent. Notre librairie était proche de l'hôtel de ville et quand la sirène a retenti, mon mari est sorti en courant. La circulation s'était arrêtée et des hommes arrivaient de toutes les directions. Le mécanicien du garage, un des jeunes pasteurs, le tenancier d'un bar, le quincaillier, tous couraient comme si leur vie en dépendait. Puis les camions et les camionnettes se sont garés de tous les côtés et les conducteurs ont sauté de leur siège pour aller prêter main-forte.

— Vous décrivez très bien la scène, Polly.

Elle eut soudain les yeux pleins de larmes :

— C'était un feu de grange et mon mari a été tué par une poutre qui s'est détachée.

Il y eut un long silence.

— C'est une histoire triste, dit Qwilleran.

— Les pompiers volontaires étaient si consciencieux ! Lorsque la sirène retentissait, ils lâchaient tout et couraient. Même au milieu de la nuit, ils se réveillaient du sommeil le plus profond et enfilaient leurs tenues. Cependant ils étaient critiqués : ils arrivaient trop tard, il n'y avait pas assez d'hommes, ils ne pompaient pas assez d'eau, leur équipement était insuffisant.

Elle soupira :

— Ils faisaient l'impossible. Ils le font toujours. Tous sont volontaires.

— Junior Goodwinter en fait partie, dit Qwilleran. Il a toujours un « bipper » sur lui et dès qu'il retentit, il lâche tout... qu'avez-vous fait après ce jour chaud d'août ?

— Je suis allée travailler à la bibliothèque et j'y ai trouvé un apaisement.

— Pickax est une ville à l'échelle humaine. L'atmosphère y est... comment dire ? Réconfortante, tranquillisante. Mais pourquoi sommes-nous tous obsédés par le bulletin météorologique ?

— Nous sommes près des éléments. Le temps affecte tout, la ferme, les bois, la pêche commerciale, les sports. Et nous faisons tous de longs parcours sur les routes de campagne. Nous ne pouvons faire appel à un taxi par mauvais temps. Il n'y en a pas.

Mrs. Cobb avait laissé le percolateur branché et placé une coupe de mousse au chocolat dans le réfrigérateur. Le repas se termina agréablement.

— Où sont les chats ?

— Enfermés dans la cuisine. Koko a fait

tomber des livres des étagères. Il se prend pour un bibliothécaire. D'un autre côté, Yom Yom n'est qu'un chat qui court après sa queue et cache des objets sous les tapis. Chaque fois que je pose le pied sur une bosse sur le tapis, je me demande si ce n'est pas ma montre que je viens d'écraser... ou une souris... ou mes lunettes... ou une enveloppe froissée.

— Quels titres Koko a-t-il recommandés?

— Il s'intéresse à Shakespeare. Peut-être en raison de la reliure en peau de porc. Juste avant votre arrivée, il a fait tomber *Le songe d'une nuit d'été* de l'étagère.

— C'est une coïncidence, mais je porte le nom de l'un des personnages.

Elle s'interrompit pour laisser à Qwilleran le temps de deviner :

— Hyppolita?

— Exact. Mon père nous avait donné à tous le nom d'un personnage de Shakespeare. Mes frères s'appellent Marc-Antoine et Brutus et ma pauvre sœur Ophélie a dû supporter des railleries jusqu'à la fin de ses études... Pourquoi ne laissez-vous pas les chats revenir? J'aimerais voir Koko en action.

Quand ils furent relâchés, Yom Yom entra dans la bibliothèque de sa démarche élégante, posant une patte devant l'autre, en quête d'un genou disponible, mais Koko montra son indépendance de caractère en se faisant attendre. Qwilleran et Polly ne s'aperçurent de la présence de Koko qu'en entendant un « plouf ». Sur le sol se trouvait le mince volume de *Henri VIII*.

— Vous devez admettre qu'il sait ce qu'il

fait, dit Qwilleran. Il y a une scène saisissante pour une femme dans cette pièce, lorsque la reine confronte les deux cardinaux.

— C'est une scène terrible, dit Polly. Katherine prétend être une faible femme, mais elle brise deux hommes savants. *Vous avez des faces d'anges, mais le Ciel sait votre cœur.* Vous êtes-vous jamais interrogé sur la véritable identité de Shakespeare, Qwill ?

— J'ai lu que ses pièces avaient été écrites par Jonson ou Oxford.

— Je pense que Shakespeare était une femme. Il y a tant de rôles de femmes fortes et de merveilleuses tirades pour les femmes !

— Et il y a des rôles d'hommes forts et de nombreuses tirades pour les personnages masculins, répondit-il.

— Oui, mais je prétends qu'une femme peut écrire des rôles d'hommes forts avec plus de succès qu'un homme ne peut écrire de rôles de femmes fortes.

— Hum ! dit poliment Qwilleran.

Koko était maintenant assis, très droit, attendant, de toute évidence, quelque chose et Qwilleran se mit obligeamment à lire le prologue de la pièce. Puis Polly lut de façon émouvante la tirade de la reine.

— Yao, approuva Koko.

— Maintenant, je dois partir, avant que mon propriétaire ne commence à s'inquiéter, dit Polly.

— Votre propriétaire ?

— Mr. MacGregor est un aimable vieil homme. Il est veuf. Il m'a loué un cottage sur sa ferme et il pense que les femmes ne doivent pas sortir seules, la nuit. Il reste assis à m'attendre jusqu'à mon retour.

— Avez-vous jamais essayé d'exposer votre théorie sur Shakespeare à votre propriétaire ?

Après le départ de Polly et ses remerciements chaleureux pour le bon dîner et l'agréable soirée, Qwilleran se demanda ce qu'il fallait penser de cette excuse pour se retirer de bonne heure. Du moins Koko ne l'avait pas mise à la porte de la maison, comme il l'avait fait avec d'autres visiteuses, dans le passé. C'était bon signe.

Qwilleran débarrassait la table quand Mrs. Cobb revint de son rendez-vous, toute rose et ravie de sa sortie.

— Oh ! il ne fallait pas vous donner cette peine, Mr. Q !

— Ce n'est pas une peine. Merci pour ce superbe repas. Comment s'est passée votre soirée ?

— Nous sommes allés au Vieux Moulin. La cuisine s'est beaucoup améliorée. J'ai pris une truite farcie, dans une sauce au vin. Herb a commandé un steak au poivre, mais il n'a pas aimé la sauce qui l'accompagnait.

Ce type devait préférer le ketchup, pensa Qwilleran. A haute voix, il demanda :

— Mrs. Duncan m'a parlé des volontaires du service contre les incendies. Mr. Hackpole en fait partie, je crois ?

— Oui, et il a connu des expériences passionnantes comme le jour où il a arraché des enfants d'un bâtiment en flammes et celui où il a sauvé des vaches d'une grange qui brûlait.

Intéressant, si c'est vrai, pensa Qwilleran.

— Faites-le entrer pour prendre un verre, la prochaine fois qu'il viendra, suggéra-t-il. J'aimerais savoir comment fonctionne la brigade des pompiers dans une petite ville.

— Oh ! Merci, Mr. Q. Il sera enchanté. Il pense que vous ne l'aimez pas, parce que vous avez porté plainte contre lui, un jour.

— Ce n'était rien de personnel. J'ai seulement protesté parce que j'avais été attaqué par un chien qui aurait dû être enchaîné. Si vous avez de la sympathie pour lui, Mrs. Cobb, je suis sûr que ce doit être un brave homme.

Pendant que Qwilleran fermait les fenêtres pour la nuit, le téléphone sonna. C'était Junior Goodwinter. Il s'écria d'un voix excitée :

— Elle arrive. Elle prend l'avion demain !

— De qui parlez-vous ?

— De cette journaliste que j'ai rencontrée au Club de la Presse. Elle dit que le *Fluxion* va publier un article qui paraîtra dans tout le pays. Elle va venir pour prendre des photographies afin d'illustrer l'histoire qu'elle proposera à des magazines.

— Lui avez-vous dit... pour votre père ?

— Elle prétend que ce sera le point culminant du reportage. Je dois aller la chercher, demain matin, à l'aéroport. Il faut que je retrouve quelques vieux ouvriers typographes qui ont travaillé au *Pic* et elle les fera poser devant le journal. Vous rendez-vous compte des conséquences possibles d'un tel article ? Pickax va être connu dans tout le pays et le *Picayune* pourrait renaître de ses cendres, nous pourrions même organiser une souscription nationale.

Des choses plus étranges sont déjà arrivées, songea Qwilleran :

— Appelez-moi demain pour me dire comment tout s'est passé, Junior. Je vous souhaite bonne chance !

En reposant le récepteur, il entendit un petit « plouf » caractéristique et vit un livre qui était tombé sur le tapis de Boukhara. Très fier de lui, Koko était assis sur l'étagère Shakespeare. Qwilleran ramassa le livre. C'était encore *Hamlet* et une ligne de la première scène attira son attention *Minuit vient de sonner, il est temps de te mettre au lit*. S'adressant au chat, il dit :

— Tu te crois malin, mais cela suffit. Ces livres sont imprimés sur du beau papier bible. Ils ne peuvent pas supporter ce genre de traitement.

— Ik, ik, ik, dit Koko, en ponctuant sa remarque d'un long bâillement.

CHAPITRE TROIS

MARDI DOUZE NOVEMBRE. « Rafale de neige pendant la journée, puis chute de la température avec des vents tournant au nord-est » annonça la WPKX et Mr. O'Dell farta ses raquettes et contrôla les bougies de son chasse-neige.

C'était le lendemain du jour où les timbales de foie de porc avaient fait des débuts couronnés de succès et Qwilleran avait l'intention de déjeuner au Vieux Moulin pour constater les qualités du chef cuisinier et résoudre un mystère qui le tracassait :

Qui était ce chef cuisinier?

Quel était son nom?

Quelles étaient ses références?

Pourquoi personne ne l'avait-il vu?

Le restaurant était un authentique vieux moulin à eau, récemment rénové, avec une roue géante. Les colombages des murs de pierre avaient été dégagés. Le sol en érable avait été décapé et encaustiqué avec une cire couleur de miel. Toutes les tables avaient vue sur la roue du moulin qui grinçait et tournait sans arrêt, bien que le ruisseau qui aurait dû l'actionner ait été asséché soixante ans plus tôt. Jusque-là, tout le monde en avait été d'accord : la cuisine avait toujours été abominable.

Puis le restaurant avait été racheté par les entreprises XYZ et Pickax, promoteurs des appartements du Village indien et du consortium sur la rivière Ittibitiwassee. La firme possédait également une chaîne de magasins dans le comté et un nouveau motel à Mooseville.

Un jour, à une réunion de la Chambre de Commerce, Qwilleran avait été abordé par Don Exbridge – le X des Entreprises XYZ. C'était un homme grand et maigre, avec un sourire qui l'avait rendu populaire.

– Qwill, vous avez des liens avec les restaurants du Pays d'En-Bas, avait dit Exbridge, où pourrions-nous trouver un bon chef cuisinier pour le Vieux Moulin ? De préférence quelqu'un qui aimerait la vie en plein air et ne craindrait pas de vivre dans le Grand Nord ?

– Je vais réfléchir à la question, avait promis Qwilleran.

Puis des souvenirs lui étaient revenus en mémoire. Hixie Rice, son ex-voisine au Pays d'En-Bas, membre du Club des Gourmets, adorait la bonne chère. Sa silhouette épanouie en témoignait. Jeune femme intelligente, elle était malheureuse en amour, travaillait dans la publicité et avait l'habitude de parler français à Koko. La dernière fois qu'il avait eu de ses nouvelles, elle fréquentait un chef cuisinier et suivait des cours à l'Ecole hôtelière. Grâce à cette association d'idées, Hixie Rice et son chef cuisinier avaient atterri à Pickax. Aussitôt, ils avaient remplacé le triste menu par des plats plus élaborés et des ingrédients frais. Le chef recycla le personnel existant, supprima les fritures et rationna le sel.

Lorsque Qwilleran alla déjeuner au Vieux Moulin, le mardi, il eut du mal à reconnaître l'ancien membre des « Gras amicaux. »

— Hixie! Vous avez l'air presque anorexique! s'écria-t-il, avez-vous cessé de mettre du beurre partout et d'ajouter du sucre à tous vos desserts?

— Vous ne le croirez pas, Qwill, mais travailler dans la restauration m'a guérie de ma boulimie. Toute cette nourriture m'écœure. Huit kilos de beurre, deux cents poulets dépouillés. Avez-vous jamais vu deux cents poulets dépouillés?

En perdant du poids, Hixie avait également perdu sa voix haut perchée et ses cheveux avaient maintenant l'air sains et naturels, au lieu d'être artificiels et laqués.

— Vous êtes superbe! dit-il, avec sincérité.

— Vous paraissez vous-même en pleine forme et votre voix paraît changée.

— J'ai cessé de fumer. Rosemary m'a convaincu d'abandonner ma pipe.

— Voyez-vous toujours Rosemary?

— Non. Elle est maintenant installée à Toronto.

— Notre vieux petit Club des gourmets s'est éparpillé, mais je pensais que tous les deux vous alliez vous marier.

— Il y a eu un conflit de personnalité entre elle et Koko.

Hixie le fit asseoir près de la roue.

— C'est considéré comme la place de choix, dit-elle, bien que le mouvement de la roue donne le mal de mer à certains clients. Personnellement c'est plutôt le grincement de la roue qui m'exaspère.

Elle lui tendit le menu et précisa :

— Il y a du carré d'agneau et de la ratatouille comme plat du jour.

— Y a-t-il du saumon frais?

— Il est épuisé. Vous venez un peu tard.

— C'était prémédité. Je voulais bavarder avec vous. Pouvez-vous vous asseoir un moment à ma table?

Il commanda le plat du jour et Hixie prit place en face de lui avec un Campari et une cigarette.

— Koko et Yom Yom ont-ils aimé les timbales? demanda-t-elle.

— Après les avoir mangées, ils se sont poursuivis dans les escaliers pendant deux heures. Pourtant tous les deux sont stérilisés. Vous avez découvert un aphrodisiaque félin.

— Ce n'est que le premier plat de plusieurs produits pour chats que nous allons mettre sur le marché. Les entreprises XYZ nous soutiennent sur le plan financier.

— Quand vous et votre associé allez-vous vous décider à venir parler français à Koko? Vous n'avez pas encore vu la somptueuse résidence où je vis.

— Il est difficile d'avoir une vie sociale dans

ce métier, nous avons des heures impossibles. On ne vous parle jamais de ça à l'Ecole hôtelière. Je ne m'en plains pas. Je suis divinement heureuse. Jusqu'ici j'étais l'éternelle perdante, mais tout a changé depuis que j'ai rencontré cet homme merveilleux. Il ne boit pas, il ne fume pas et il n'est le mari d'aucune autre femme.

— J'en suis heureux pour vous. Quand vais-je le rencontrer ?

— Il n'est pas là.

— Comment s'appelle-t-il ? De quoi a-t-il l'air ?

— Son nom est Tony Peters. Il est grand, blond et très beau garçon.

— Où a-t-il appris à faire la cuisine ?

— A Montréal, à Paris et dans quelques autres centres gastronomiques.

— J'aimerais le connaître et lui serrer la main. Après tout, je suis responsable de votre installation dans ce paradis du Nord.

— En fait, il n'est pas en ville en ce moment, dit Hixie. Sa mère a eu une attaque et il a dû se rendre à Philadelphie.

— Il ferait bien de rentrer avant la Grande Tempête ou il devra revenir sur des raquettes. L'aéroport ferme après la première chute de neige. Où habitez-vous ?

— Nous avons un appartement superbe au Village indien. Mr. Exbridge s'est entremis pour nous le faire avoir. Il y a beaucoup de demandes.

— Que faites-vous lors de votre jour de fermeture ?

— Tony écrit un livre de cuisine et je vais contrôler nos concurrents dans le pays.

— Avez-vous fait des découvertes intéressantes ?

— Après le Vieux Moulin, le meilleur restaurant est le Stéphanie, mais leur cuisinier a une sorte de blocage mental. J'ai commandé un artichaut farci et l'on m'a servi un avocat farci. Lorsque le serveur a insisté en prétendant que c'était un artichaut, j'ai pris mon assiette et je me suis précipitée à la cuisine pour confondre le chef. Et cet arrogant paltoquet a eu le toupet de prétendre que je ne connaissais pas la différence entre un artichaut farci et un crocodile empaillé. J'étais furieuse. Je lui ai déclaré qu'un artichaut — de l'italien *carciòfo* — était une plante potagère de la famille des composés, et qu'un avocat était un fruit tropical en forme de poire qui tirait son nom du mot *bahualt* signifiant testicule, bien que je présumais que de toute évidence il ne sût pas davantage ce que ce mot signifiait.

— Comment a-t-il réagi ?

— Il a pris un couperet et a commencé à aplatir des moitiés de poulets. Alors je me suis retirée, avant de devenir une statistique sur la liste des homicides.

Plus tard dans l'après-midi, Qwilleran s'assit à son bureau dans la bibliothèque et songea à Hixie et à son mystérieux compagnon. Koko sauta sur la table et le regarda, les oreilles dressées.

— Te souviens-tu de Hixie ? lui demanda Qwilleran, elle prenait des leçons de français et te disait « Bonjour monsieur Koko ». Elle s'entichait toujours d'hommes marginaux et maintenant il y a ce chef cuisinier invisible. Il y a quelque chose de bizarre à son sujet. Cependant il fait de la bonne cuisine. Je t'ai apporté une tranche de gigot. Hixie est heureuse que tu aies aimé ses timbales.

Koko ferma les yeux et murmura un petit : Ik, ik, ik.

Au même instant, Mrs. Cobb jeta un regard curieux dans la pièce.

— Je vous ai entendu parler et j'ai cru que vous aviez de la compagnie. J'allais vous proposer une tasse de thé et des biscuits meringués que je viens de sortir du four.

— J'avais seulement une conversation intelligente avec Koko, comme Lori Bamba me l'a recommandé, expliqua-t-il. Je me sens un peu idiot, mais il paraît aimer ça. A propos, j'accepte volontiers vos biscuits meringués, mais je préférerais une tasse de café.

Elle se retira dans la cuisine et Qwilleran poursuivit :

— Eh bien, Koko, cette semaine a eu lieu une grande séance photographique au bureau du *Picayune*. Pour Junior, j'espère qu'il en sortira quelque chose de bon. Je me demande si les vétérans ont pu tenir assez longtemps pour laisser prendre les photographies. Il a probablement fallu les maintenir debout deux par deux attachés avec du fil de fer.

La journée s'écoula sans la chute de neige annoncée, mais la température baissait sensiblement. Qwilleran écoutait le dernier bulletin météorologique quand Junior l'appela, enfin. Sa voix avait perdu l'excitation de la veille. Il s'exprimait sur un ton morne. Quelque chose n'allait pas. Au dernier moment la rouquine avait-elle décidé de ne pas venir en décrétant qu'il n'y avait pas là matière à un reportage ? Ou peut-être avait-elle oublié son appareil photographique ? Ou encore son avion s'était-il écrasé ? Ou enfin les vétérans avaient-ils été victimes d'une crise cardiaque collective ?

— Avez-vous entendu les rumeurs? demanda Junior.

— A quel sujet? Etes-vous ivre?

— Je le souhaiterais. Puis-je venir vous voir? Je sais qu'il est tard...

— Bien sûr, venez.

— Je suis chez Jody, puis-je venir avec elle?

— Naturellement. Que désirez-vous boire, tous les deux?

— Mettons du café, dit Junior, après un instant de réflexion, si je prends de l'alcool quand je suis à plat, je serais capable de m'ouvrir les veines des poignets.

Qwilleran remplit un thermos de café instantané et portait le plateau dans la bibliothèque au moment où la Jaguar rouge arrivait dans l'allée. La petite Jody, avec ses cheveux blonds tout raides et ses grands yeux bleus, avait l'air d'une poupée en porcelaine. Junior ressemblait brusquement à un petit vieux.

— Grand Dieu! Que vous est-il arrivé? Vous êtes blafard, Junior! dit Qwilleran, en faisant entrer le jeune couple.

Junior se laissa tomber sur le divan en cuir :

— Mauvaises nouvelles!

— La séance photographique ne s'est-elle pas bien passée?

— Oh ! si, mais quel bien vais-je en tirer ? Je me sens stupide d'avoir laissé cette fille venir pour rien.

— Cessez de parler en charades, Junior. Expliquez-moi ce qu'il y a.

De sa voix de petite fille, Jody insista :

— Raconte à Mr. Qwilleran ce qu'a fait ta mère, Juney.

Le jeune homme regarda Qwilleran en silence pendant un moment avant de se décider.

— Elle vend.

— Que vend-elle ?

— Le *Picayune*.

Qwilleran fronça les sourcils :

— Qu'y a-t-il à vendre ? Il n'y a rien... qu'une idée fantastique.

— C'est bien là le plus dur, dit Junior. L'*idée* et toutes ces années de tradition vont être anéanties. Elle vend le *nom*.

Qwilleran n'arrivait pas à y croire, ni à comprendre.

— Où pense-t-elle trouver un acquéreur ?

Jody leva la tête :

— Elle l'a trouvé : les Entreprises XYZ.

— Ils veulent en faire un de ces torchons publicitaires, ajouta Junior, qui semblait sur le point de se mettre à pleurer. Un de ces canards que l'on distribue, sans la moindre nouvelle et avec l'encre qui vous déteint sur les doigts. Je vous le dis, Qwill, c'est un véritable coup bas !

— A-t-elle le droit de vendre le journal ?

— Mon père lui a tout laissé. De toute façon, ils sont mariés sous le régime de la communauté.

— Juney, dit Jody de sa petite voix, raconte ton rêve à Mr. Qwilleran.

— Je rêve de mon père toutes les nuits. Il se tient juste devant moi avec son tablier en cuir et sa toque en papier et il essaie de me dire quelque chose, mais je ne l'entends pas.

Qwilleran essayait de mettre de l'ordre dans ses pensées.

— Tout cela est arrivé trop vite, Junior. Votre père a été enterré hier. C'est une décision bien rapide pour une épouse éplorée. L'avez-vous fait remarquer à votre mère ?

— A quoi bon ? Quand elle a décidé quelque chose, elle le fait.

— Comment réagissent votre frère et votre sœur ?

— Mon frère est reparti pour la Californie. Il s'en fiche. Ma sœur pense que c'est un crime, mais elle n'a aucune chance de faire entendre raison à notre mère. Vous ne l'avez jamais rencontrée, n'est-ce pas ?

— L'idée vient-elle de votre mère ou bien les Entreprises XYZ lui ont-elles fait une offre ?

Junior hésita avant de répondre :

— Hum... je l'ignore.

— Pourquoi est-elle si pressée de vendre ?

— Pour l'argent, bien sûr. Elle en a besoin. Papa a laissé beaucoup de dettes.

— N'avait-il pas une assurance sur la vie,

— Oui, mais pas très importante. Grandma Gage a payé les annuités pendant quelques années, juste pour nous mettre à l'abri. La maison va être vendue, elle aussi.

— La ferme ?

— N'est-ce pas triste ? dit Jody. Elle appartient à la famille Goodwinter depuis un siècle.

— Une veuve ne devrait pas prendre une décision aussi rapide pour changer son style de vie.

— Et puis il y a l'hypothèque, soupira Junior. Mère n'a jamais aimé la ferme. Elle préfère les appartements. Elle veut déménager, avant que la neige ne commence à tomber, afin de ne pas être contrainte à passer l'hiver dans cette grande maison.

— C'est compréhensible.

— Elle va habiter un appartement au Village indien.

— Je pensais qu'il n'y avait rien de libre.

— Elle va loger chez un ami, dit Jody, mais Junior la foudroya du regard.

— Peut-elle espérer trouver un acheteur rapidement sans consentir un grand sacrifice? demanda Qwilleran.

— Elle a l'acheteur.

— Connaissez-vous son nom?

— Herb Hackpole.

— Hackpole! Qu'est-ce qu'un homme seul peut faire d'une aussi grande maison?

— Eh bien, il voulait une propriété à la campagne. Il possède des chiens de chasse. Il n'y a pas beaucoup de terrain, mais il disposera d'une grande cour et de deux granges.

— Et les meubles? Vous disiez que vos parents en avaient reçu beaucoup en héritage.

— Ils vont être mis en vente aux enchères.

— Juney devait hériter du bureau à cylindre de son arrière-grand-père, dit Jody, mais il va être mis en vente également.

Sur un ton accablé, Junior déclara :

— S'ils peuvent organiser la vente avant l'arrivée de la neige, ils vont attirer des marchands de l'Ohio et de l'Illinois, ce qui fera monter les enchères.

— Que vont devenir les anciennes presses que votre père collectionnait ?

— Elles seront vendues au poids du métal.

Tous trois gardèrent un silence de nature différente : Junior, découragé, Jody, sympathique, Qwilleran, abasourdi. Senior était mort dans la nuit de vendredi et avait été porté en terre lundi. On était mardi.

— Quand avez-vous appris ces décisions draconiennes, Junior ?

— Mère m'a téléphoné au bureau cet après-midi. En plein milieu de l'interview. Je n'ai rien dit à la photographe. Croyez-vous que j'aurais dû parler ? Cela aurait pu anéantir le reportage... ou lui enlever tout son piquant. Elle est partie, il y a une heure. Je l'ai conduite à l'aéroport.

Soudain le « bipper » de Junior se mit à retentir.

— Oh ! Non ! s'écria-t-il, j'avais bien besoin de ça ! Encore un stupide feu de grange ! Raccompagnez Jody chez elle, s'il vous plaît, Qwill, ajouta-t-il, avant de s'élancer vers la sortie à toute allure.

La sirène de l'hôtel de ville retentit. Qwilleran s'aperçut, alors, qu'il avait oublié de servir le café.

— En voulez-vous une tasse, Jody ? Il est encore chaud.

La jeune fille se pelotonna sur le divan en serrant la tasse entre ses mains.

— Je suis tellement navrée pour Juney ! Je lui ai conseillé d'aller au Pays d'En-Bas, de prendre un travail au *Daily Fluxion* et d'oublier tout ce qui s'est passé ici.

— Il ne faut pas agir sur un coup de tête dans un moment pareil, conseilla Qwilleran. Il pourra peut-être obtenir un sursis à la vente et la faire reporter jusqu'à ce que sa mère ait eu le temps de réfléchir.

— Vous ne la connaissez pas. La seule solution serait de prouver qu'elle est mentalement incompétente, mais de toute façon, la maison lui appartient en propre, elle est libre d'en disposer à son gré.

Au même moment Mrs. Cobb, en robe de chambre rose et pantoufles assorties, fit irruption dans la pièce :

— Regardez par la fenêtre, dit-elle, sur un ton alarmé, il y a un incendie dans la grande rue. On dirait que l'hôtel de ville est en flammes.

Qwilleran et Jody se précipitèrent vers les fenêtres.

— C'est la maison de Herb, dit Mrs. Cobb, il y avait une réunion chez lui, ce soir. Il devait y avoir trente à quarante personnes.

— Je vais prendre la voiture et aller voir, dit Qwilleran. Venez, Jody, je vous raccompagnerai chez vous, ensuite. Passons par la porte de service. La voiture est dans le garage.

La grande rue était pleine de lumière. La circulation était détournée pour permettre aux voitures de pompiers d'approcher. Celles-ci étaient garées en demi-cercle. Les pompiers étaient à pied d'œuvre, déroulant les tuyaux et déversant de l'eau sur l'immeuble de trois étages. On vit soudain des flammes orange monter en l'air, suivies d'un jet de vapeur et d'un nuage de fumée. Qwilleran se gara et s'approcha à pied avec Jody.

— C'est le *Picayune* ! s'écria-t-il, tout le bâtiment est en flammes !

Jody se mit à pleurer.

— Pauvre Juney ! dit-elle à plusieurs reprises. Pauvre Juney !

— Ils arrosent les bâtiments voisins pour empêcher le feu de se propager, dit Qwilleran. La poste est également touchée. Je crains bien que cette fois le journal ne soit anéanti.

— Je pense que c'est ce que son père essayait de lui dire dans son rêve, dit-elle. Voyez-vous Juney ?

— On ne reconnaît personne avec ces casques sur la tête. Leurs visages eux-mêmes sont tout noirs. Quel sale boulot ! Le casque blanc doit être celui du chef des pompiers, c'est tout ce que je peux dire.

— J'espère que Juney ne va pas commettre un geste désespéré comme de se précipiter dans le bâtiment pour essayer de sauver quelque chose.

— Les pompiers sont entraînés à se montrer prudents.

— Mais il est tellement impulsif et sentimental ! C'est la raison pour laquelle il prend si mal la décision de sa mère de vendre le *Picayune*.

Soudain une expression horrifiée se lut sur son jeune visage :

— Oh non ! William Allen doit être là ! On

l'enferme toujours pour la nuit. Oh ! je sens que je vais être malade.

— Calmez-vous, Jody. Il a dû s'échapper. Les chats sont intelligents et ont une sorte de prémonition pour ce genre de catastrophe. Venez. Nous ne pouvons rester là. Il fait froid et vous tremblez. Les hommes sont là pour des heures. Je vais vous raccompagner chez vous. Est-ce que ça ira ?

— Oui. J'attendrai que Juney rentre à la maison. Il habite chez moi, depuis la mort de son père.

A la Résidence K. Qwilleran trouva Mrs. Cobb assise devant la table de la cuisine, toujours en robe de chambre rose. Elle buvait du cacao et paraissait inquiète.

— Il n'y a pas de nouvelles à la radio, dit-elle, avec anxiété.

— Ce n'était pas l'hôtel de ville, mais l'immeuble du *Picayune*. Il ne restera que les murs. Plus d'un siècle de publication détruit en moins d'une heure !

— Avez-vous vu Herb ? demanda-t-elle, en versant une tasse de cacao à Qwilleran dont c'était la boisson favorite.

— Non, mais je suis sûr qu'il était là, une hache à la main.

— Il ne devrait pas faire des efforts pareils. Il a plus de cinquante ans, la plupart des autres sont bien plus jeunes.

— Vous semblez beaucoup vous préoccuper de lui, Mrs. Cobb, dit-il, en lui jetant un regard pénétrant.

Elle baissa les yeux et eut un petit sourire timide.

— Eh bien, j'avoue que je l'aime bien. Nous passons toujours de bons moments ensemble et il commence à faire des allusions.

— Au sujet d'un possible mariage ?

Le ton brusque montrait la consternation de Qwilleran devant une telle éventualité. En tant que gouvernante, elle était un trésor. Trop précieuse pour la perdre. Elle les avait trop gâtés, lui et les siamois, avec sa bonne cuisine.

— Je n'arrêterai pas de travailler, dit-elle, aussitôt. J'ai toujours travaillé et j'ai trouvé ici l'emploi le plus merveilleux que j'aie jamais eu. C'est un rêve qui s'est réalisé.

— Et vous êtes parfaite dans cet emploi. Ne prenez pas de décisions hâtives, Mrs. Cobb.

— Je vous le promets. Du reste, il ne s'est pas encore déclaré, aussi je vous prie de n'en parler à personne.

Elle remplit une nouvelle tasse de cacao qu'elle emporta dans sa chambre en lui souhaitant une bonne nuit.

Qwilleran fit sa ronde habituelle, avant de brancher la sonnette d'alarme et de fermer les portes. Puis il se retira dans son appartement au-dessus du garage en emportant un vaste panier en osier. Des sons indistincts sortaient du panier qui se balançait dangereusement tandis qu'il le transportait.

Le garage à quatre voitures était les anciennes écuries, bâties en pierre de taille, dans le même matériau que la maison principale. Il y avait quatre portes voûtées pour mener aux stalles, une coupole, sur le toit, avec une girouette et une lanterne encastrée dans chaque coin du bâtiment.

En haut, l'intérieur avait été restauré selon les goûts de Qwilleran, dans un confort contemporain, avec des tons de beige, rouille et brun. C'était simple, cossu et permettait de s'évader de la splendeur de la Résidence K.

Le salon était meublé de fauteuils profonds, d'un appareil haute-fidélité dernier cri, d'un petit bar où Qwilleran mélangeait les boissons pour ses invités. Il n'avait lui-même plus touché à l'alcool depuis le jour où il était tombé d'un quai de métro, à New York. Une expérience qui l'avait rendu tempérant du jour au lendemain. Il n'avait jamais plus repris le métro non plus.

Les autres pièces étaient son bureau, sa chambre et la pièce des chats. Cette dernière était couverte d'une épaisse moquette et garnie de coussins, de paniers et de griffoirs. Une grande poêle au manche coupé, remplie de litière, leur servait de plat. Il y avait aussi une étagère de livres d'occasion qu'il avait achetés à un bouquiniste. On y trouvait pêle-mêle, un traité d'algèbre, une grammaire anglaise simplifiée, une collection de sermons célèbres. Parmi les autres titres, il y avait l'*Incendie de Rome*, d'Elsie Dinsmore et l'*Eneide*, de Virgile. Koko pouvait les jeter de l'étagère tout son content.

Qwilleran ouvrit le panier dans la pièce des chats et invita les deux siamois récalcitrants à en sortir. Pourquoi, se demanda-t-il, ne voulaient-ils jamais entrer dans ce panier et, une fois qu'ils étaient dedans, ne voulaient-ils plus en sortir?

Koko, puis Yom Yom émergèrent, finalement, avec précaution. C'était une performance qui se répétait tous les soirs, depuis un an. Ils reniflèrent partout comme s'ils soupçonnaient la pièce d'avoir été truffée de micros.

– Les chats, dit Qwilleran à haute voix, qui peut se vanter de les comprendre ?

Il abandonna les siamois à leurs occupations personnelles, consistant à se lécher mutuellement, à se mordre et à se courir après, pendant que lui-même écoutait les nouvelles du soir à la radio.

« Les bureaux et le local de composition du *Pickax Picayune* ont été détruits par le feu, ce soir. Selon les déclarations du chef des pompiers, Bruce Scott, les bâtiments sont totalement sinistrés. Vingt-cinq pompiers, trois auto-pompes et deux voitures de Pickax et des localités avoisinantes ont répondu au signal d'alarme et sont toujours sur les lieux du sinistre. Aucun blessé n'a été signalé. Par ailleurs le conseil municipal du village de Mooseville a voté un budget de 500 dollars pour les décorations de Noël ».

Il ferma le bouton de la radio d'un geste exaspéré. Les mêmes nouvelles seraient diffusées toutes les heures sans ajouter d'autres détails. Les auditeurs ne sauraient pas comment le feu avait pris, qui l'avait signalé, ce qui avait été détruit, l'âge du bâtiment, sa construction, les problèmes rencontrés pour combattre l'incendie, les précautions prises, l'estimation des pertes subies et la couverture des assurances.

Sans aucun doute le comté avait besoin d'un journal. Quant au *Picayune*, c'était regrettable, mais il fallait être réaliste, le *Pic* était une relique du temps des diligences. C'était la sentimentalité et le manque d'objectivité qui avaient ruiné le journal. Composer les caractères à la main était devenu une obsession chez Senior Goodwinter, sa raison de vivre, disait Junior.

Sa raison de vivre? Qwilleran fronça les sourcils et lissa ses moustaches du bout des doigts. Si le journal avait réellement été sur le point de faire faillite, l'accident de Senior Goodwinter n'aurait-il pu être un suicide? Les vieilles planches du pont auraient été un endroit logique pour un accident fatal. Il était connu pour être dangereux. Senior était un homme prudent, sobre. Pas un de ces joyeux drilles du vendredi soir, ou de ces jeunes qui fonçaient sur le pont à toute allure. Qwilleran éprouva une sensation particulière au-dessus de sa lèvre supérieure. Il comprit que ses soupçons n'étaient pas vains. Il y avait quelque chose d'étrange à propos de sa lèvre supérieure. Une démangeaison, un tressaillement ou simplement un vague sentiment de malaise à la racine de sa moustache lui disait s'il était sur la bonne voie. Et maintenant il recevait ce signal.

Si Senior avait eu l'intention de se tuer, un « accident » provoqué aurait évité la clause de suicide, à condition que la police d'assurances ait été encore valable. Junior n'avait-il pas dit que Grandma Gage avait payé les primes pendant des années?

Un « accident » aurait pu rapporter de doubles indemnités à la veuve et même de triples indemnités, bien que cela eût été un risque, car il y aurait une sévère enquête. Les compagnies d'assurances ne se laissent pas aisément berner.

Senior craignait peut-être quelque chose de pire que de perdre son journal. Il avait pris des mesures désespérées pour maintenir le *Picayune* à flot : vendre le terrain, hypothéquer la ferme, emprunter de l'argent à sa belle-mère. Son désespoir l'avait-il conduit à quelque action illégale? Craignait-il d'être démasqué? Au fait, qui était cet homme en imperméable noir? Que faisait-il à Pickax? La mort de Senior n'avait eu lieu que quelques heures avant l'arrivée de cet étranger. Senior savait-il qu'il venait? Et pourquoi ce visiteur errait-il ainsi en ville? D'autres personnes étaient-elles impliquées?

Et maintenant les bureaux du *Picayune* avaient été détruits. Un tel désastre se produisait à un moment bien curieux. Y avait-il quelque chose au sous-sol du bâtiment, en dehors des presses et des dossiers? Y avait-il des pièces à conviction accusatrices qui devaient être détruites? Qui savait ce qu'il y avait là? Et qui avait frotté l'allumette?

Qwilleran sortit de sa rêverie et plia une jambe qui commençait à s'ankyloser. Il divaguait. Qu'avait versé Mrs. Cobb dans son cacao?

De la pièce des chats vint un bruit aisément identifiable plouf! suivi d'un second, puis de trois plouf en rapide succession. C'était le bruit caractéristique de livres qui tombaient sur le sol couvert de moquette. Koko dispersait sa collection privée.

CHAPITRE QUATRE

MERCREDI TREIZE NOVEMBRE. « Le froid continue à sévir avec un ciel couvert et des prévisions de chute de neige. »

— Ciel couvert! s'écria Qwilleran, en s'adressant à son poste de radio, pourquoi ne regardez-vous pas par la fenêtre? Le soleil brille comme pour le quatorze juillet!

Il retourna son attention vers le *Daily Fluxion* de jeudi qui faisait une large place à l'histoire du *Pickax Picayune*. Tout n'était pas rigoureusement exact, cependant les petites villes étaient toujours heureuses des moindres marques d'attention que leur accordait la presse métropolitaine. Puis il parcourut les articles sur le terrorisme, les crimes et la corruption du Pays d'En-Bas, mais son esprit continuait à s'intéresser au Comté de Moose.

Avec ou sans neige, il voulait se rendre à ce vieux pont, visiter la ferme Goodwinter et rencontrer la veuve. Il apporterait des fleurs, présenterait ses condoléances et poserait quelques questions polies. C'était un genre d'exercice qui lui avait toujours bien réussi. Ses yeux tristes et sa moustache tombante lui donnaient un comportement mélancolique qui incitait aux confidences et passait pour de la sympathie.

Dans l'annuaire téléphonique, il trouva Senior Goodwinter à Black Creek Lane dans North Middle Hummock. Sur la carte de la région, il découvrit Middle Hummock et West Middle Hummock. Il trouva également Mooseville, Smith's Folly, Chipmunk et Brrr, qui n'était pas une erreur typographique mais le village réputé le plus froid du comté. Pourtant il ne trouva North Middle Hummock nulle part. Il alla exposer son problème à Mr. O'Dell qui connaissait toujours toutes les réponses.

Mrs. Fulgrove et Mr. O'Dell étaient les aides journaliers à la Résidence K. La femme frottait et astiquait six jours par semaine, avec une ardeur presque religieuse et Mr. O'Dell se chargeait des gros travaux. Mr. O'Dell avait été concierge de l'école de Pickax pendant quarante ans. Il avait veillé sur des milliers d'adolescents, répondant à leurs questions, résolvant leurs problèmes et leur prêtant de l'argent, à l'occasion. « Le Concierge » était un titre respecté à Pickax et si Mr. O'Dell décidait, un jour, de se présenter pour être maire, il serait élu à l'unanimité. Maintenant, avec ses cheveux blancs, son teint rouge et son air bonasse, il supervisait la Résidence K avec autant d'aisance et d'efficacité qu'il avait présidé à l'éducation de la jeunesse de Pickax.

Qwilleran le trouva occupé à graisser les gonds du placard aux balais.

— Savez-vous où se trouve la ferme Goodwinter, Mr. O'Dell? Je ne trouve pas North Middle Hummock sur la carte.

D'une voix chantante, Mr. O'Dell répondit :

— Le diable lui-même ne la trouverait pas sur la carte, car c'est une ville fantôme depuis cinquante ans, mais vous la trouverez, quand je vous aurai expliqué comment y aller. Partez en direction de l'est, dépassez la mine Buckshot, celle où le vent souffle même par une journée sans vent et où l'on entend les lamentations de ceux qui sont morts et enterrés au fond. Lorsque vous arriverez au Vieux Pont, prenez garde, car les planches grincent comme les dents du diable. Vous apercevrez, ensuite, un arbre qui se dresse en haut d'une colline. On l'appelle l'« arbre du pendu », et, alors, vous arriverez à l'église où ma femme et moi avons été mariés par le bon père Ryan, il y a quarante-cinq ans, que l'âme de ma chère épouse repose en paix. Vous arriverez, enfin, devant un tas de décombres : c'est tout ce qui reste de North Middle Hummock.

— Je crois que nous commençons à brûler.

— Brûler? Vous n'êtes pas encore arrivé! Il faut parcourir trois kilomètres, avant d'apercevoir la ferme du capitaine Fugtree, avec sa barrière blanche. Passé le pré à moutons, ne tenez aucun compte du panneau indicateur signalant que vous êtes à Fugtree Road, car vous êtes en réalité dans Black Creek Lane, et juste au bout vous verrez la maison Goodwinter avec sa porte jaune. Vous ne pouvez pas vous tromper.

En partant pour North Middle Hummock, qui n'existait pas, et pour Black Creek Lane qui portait un autre nom, Qwilleman s'émerveilla des informations programmées dans les têtes des natifs du Comté de Moose, leur permettant une localisation immédiate. Senior Goodwinter qui avait emprunté cette route tortueuse tous les jours devait en connaître les moindres méandres. Il semblait peu probable que sa voiture ait capoté accidentellement. Qwilleran n'entendit ni sifflement, ni gémissement en passant devant la mine Buckshot, mais le Vieux Pont trembla de façon inquiétante. Bien que le parapet fût construit en pierre, le pont lui-même était constitué par des traverses en bois latérales. L'arbre du pendu était bien nommé. Ce vieux chêne tortueux offrait une silhouette grotesque qui se détachait contre le ciel. Tout le reste du parcours pouvait être aussi facilement contrôlé : l'église, la barrière blanche, le pré à moutons.

A l'extrémité de Black Creek Lane, la ferme était un bâtiment construit de bric et de broc, avec des bardeaux gris, usés par le temps et les intempéries. Elle se dressait au milieu d'une cour jonchée de feuilles d'érables rouges et dorées. Des bouquets de chrysanthèmes en fleurs garnissaient encore chaque côté de la porte.

Qwilleran souleva le heurtoir en cuivre ayant la forme de la lettre grecque Phi et le laissa retomber sur la porte jaune. Il avait pris le risque d'arriver sans rendez-vous, comme on le fait à la campagne et lorsque la porte s'ouvrit il fut accueilli sans surprise par une jeune femme sympathique, vêtue d'un jean et d'une chemise écossaise.

– Je suis Jim Qwilleran. Je n'ai pu assister aux obsèques mais je me suis permis d'apporter quelques fleurs pour Mrs. Goodwinter.

— Je vous reconnais! s'exclama-t-elle. J'avais l'habitude de voir votre photographie dans le *Daily Fluxion*, avant de partir pour le Montana. Entrez, je vous en prie.

Elle se retourna et cria dans la cage d'escalier :

— Mère, tu as une visite!

La femme qui descendit n'avait rien de la veuve éplorée avec des yeux rougis par l'insomnie et le chagrin. C'était une belle femme épanouie, portant une robe de lainage rouge, les yeux brillants et les joues aussi roses que si elle venait de faire du jogging.

— Mr. Qwilleran! s'exclama-t-elle, que c'est aimable à vous d'être venu! Nous lisions toujours vos chroniques dans le *Fluxion* et nous sommes si heureux que vous vous soyez installé ici.

Il offrit les fleurs :

— Avec mes compliments et ma sympathie, Mrs. Goodwinter.

— Je vous en prie, appelez-moi Gritty. Tout le monde le fait. Et merci pour votre gentillesse. Des roses! J'adore les roses. Allons dans le petit salon. Toutes les pièces sont en désordre à cause de l'inventaire. Pug, ma chérie, mets ces jolies fleurs dans un vase, veux-tu?

La vieille demeure était composée de nombreuses pièces avec des planchers à larges lames et de petites fenêtres, dont certaines avaient conservé leurs vitraux d'origine. Le mobilier hétéroclite provenait visiblement d'héritages successifs, mais l'ensemble était soigneusement coordonné : carrelage bleu et blanc, rideaux en calicot bleu et blanc, porcelaine bleu et blanc sur le vaisselier. D'anciens ustensiles de cuisine en cuivre étaient suspendus autour de la haute cheminée.

— Nous espérions que vous viendriez vous joindre au Country Club, Mr. Qwilleran.

— Je ne suis inscrit nulle part, parce que je me consacre à la rédaction d'un livre.

— Pas sur les habitants de Pickax, j'espère, dit la veuve, avec un rire sonore, ou bien le livre serait interdit à Boston. Pug, ma chérie, sers-nous quelque chose. Que prendrez-vous Mr. Qwilleran ?

— Ginger ale, soda, n'importe quoi de ce genre, et tout le monde m'appelle Qwill.

— Que diriez-vous d'un coca-cola avec une goutte de rhum ? dit-elle, avec un sourire tentateur.

— Non, merci. Je ne bois pas d'alcool depuis plusieurs années.

— Eh bien, le moins que l'on puisse dire est que cela vous réussit. Vous avez l'air en parfaite santé, dit-elle, en le détaillant de la tête aux pieds. Vous plaisez-vous dans le Comté de Moose ?

— Je m'y habitue. Le bon air, la vie décontractée, les gens amicaux sont des choses qui comptent. Cela doit être un réconfort pour vous durant ces tristes moments d'avoir tant d'amis et de parents.

— Les parents vous pouvez les garder, dit-elle, avec désinvolture, mais oui, j'ai la chance d'avoir de bons amis.

Sa fille apporta un plateau de rafraîchissements et Qwilleran leva son verre.

— Avec mes souhaits pour un avenir heureux.

— Vous avez tellement raison ! dit son hôtesse. Aimeriez-vous rester déjeuner, Qwill ? J'ai une quiche aux épinards et les restes du repas des funérailles. Pug, ma chérie, veux-tu regarder si la quiche est prête à sortir du four ? Pique-la avec un couteau.

La visite n'était pas celle que Qwilleran avait attendue. On lui demandait de passer, brusquement, des condoléances au papotage mondain.

— Vous avez une belle maison, remarqua-t-il.

— Elle peut le paraître, mais c'est un vrai enquiquinement que de l'habiter. Je suis fatiguée des sols qui penchent, des portes qui craquent, des fosses septiques et des escaliers aux marches trop étroites. Seigneur ! Ils devaient avoir de petits pieds à cette époque et de petits popotins aussi : regardez ces chaises Windsor. Je vends la maison et je vais m'installer dans un appartement au Village indien, près du terrain de golf.

— Mère est championne de golf, dit Pug. Elle gagne tous les tournois.

— Qu'allez-vous faire de vos meubles, quand vous déménagerez ? demanda Qwilleran, sur un ton innocent.

— Ils seront vendus aux enchères. Aimez-vous les ventes aux enchères ? Elles représentent le passe-temps majeur du Comté de Moose — après les soupers à la fortune du pot et les parties de jambes en l'air.

— Oh ! Mère ! protesta Pug.

Elle se tourna vers Qwilleran en ajoutant :

— Ce grand bureau à cylindre appartenait à mon arrière-grand-père. C'est lui qui a fondé le *Picayune*.

— On dirait un cercueil à dessus mobile, dit sa mère. J'ai été condamnée à vivre avec des antiquités toute ma vie. Je ne les ai jamais aimées. C'est drôle, non ?

Le déjeuner fut servi sur une table en pin, dans la cuisine, et la quiche fut présentée sur un plat bleu et blanc.

— J'espère que c'est le dernier repas que je prends dans cette porcelaine bleu et blanc, dit Gritty. Tout y paraît fadasson, mais le service a été légué à mon mari. Il y a des centaines de pièces, pratiquement incassables !

— J'ai été stupéfait d'apprendre que les bureaux du *Picayune* avaient brûlé. J'espérais que le journal continuerait sous la direction de Junior.

— Ne versons pas un pleur sur le *Picayune*, dit Gritty, il aurait dû fermer, il y a trente ans.

— Mais il est unique dans les annales du journalisme ! Junior aurait pu perpétuer la tradition tout en imprimant un journal avec des méthodes plus modernes.

— Non. Il va épouser sa maigrichonne et ils quitteront tous deux Pickax pour s'installer au Pays d'En-bas. Probablement dans une fête foraine. Junior est l'avorton de la portée.

— Oh ! Mère, ne dis pas des choses pareilles ! protesta Pug.

Se tournant vers Qwilleran, elle expliqua :

— Mère est l'humoriste de la famille.

— Pour cacher mon cœur brisé, dit gaiement la veuve, avec un haussement d'épaules.

— Que va-t-il advenir de l'immeuble du *Picayune*? A-t-on pu sauver quelque chose?

— Tout a été brûlé, dit-elle, sans regret apparent. Il ne reste que les murs, mais ils sont solides. Ils ont au moins soixante centimètres d'épaisseur. Je suppose que l'on pourrait faire une galerie marchande avec six à huit boutiques, mais il faut attendre pour voir ce que nous réserve l'assurance.

Tout au long de la visite des pensées traversèrent l'esprit de Qwilleran. Tout s'était déroulé trop vite et paraissait trop bien organisé. Quant à la veuve, ou bien elle bluffait ou bien elle était totalement dénuée de cœur. Gritty lui paraissait moins être une femme courageuse qu'une redoutable égoïste.

Une fois rentré chez lui, il téléphona à la clinique dentaire du Dr Zoller et s'entretint avec la jeune réceptionniste qui avait des dents si éblouissantes.

— C'est Jim Qwilleran, Pam. Puis-je avoir un rendez-vous cet après-midi pour un détartrage?

— Un instant, laissez-moi consulter votre fiche. Vous êtes venu en juillet, Mr. Q., nous ne vous attendons pas avant janvier.

— C'est une urgence. J'ai bu beaucoup de thé.

— Oh! dans ce cas... Eh bien, vous avez de la chance, Jody a un patient qui s'est décommandé. Pouvez-vous venir tout de suite?

— Je serai là dans trois minutes et vingt secondes.

A Pickax, on n'était jamais à plus de cinq minutes de n'importe où.

La clinique occupait d'anciennes écuries somptueusement rénovées, derrière l'hôtel de ville de Pickax. Jody accueillit Qwilleran avec empressement. Dans sa longue blouse blanche, elle paraissait encore plus menue.

— J'ai essayé de vous joindre, dit-elle. Junior veut vous dire qu'il va partir pour le Pays d'En-Bas, afin de voir ce directeur qui lui a promis du travail. Il prend l'avion de midi.

— Alors c'est la fin du vieux *Picayune*?

— Attachez votre serviette. Vous partez faire une promenade.

Elle inclina le fauteuil à son niveau le plus bas.

— Etes-vous confortablement installé?

— Jusqu'à quelle heure Junior est-il resté sur les lieux du sinistre?

— Il est rentré ce matin à cinq heures et demie. Il était très abattu. Ils ont dû surveiller les endroits chauds. Ouvrez bien grande la bouche.

— A-t-il pu sauver quelque chose?

— Je ne le pense pas. Les papiers qui n'ont pas brûlé ont été inondés. Dès que l'incendie a été quelque peu maîtrisé, Juney est entré en portant un masque à gaz pour essayer de retrouver un coffret métallique incombustible qui appartenait à son père. Mais la fumée était trop épaisse, il n'a rien pu voir. Oh! vous ai-je fait mal?

— Aïe! fit Qwilleran, la bouche pleine d'instruments.

Les doigts fins de Jody avaient un toucher délicat, mais ses mains tremblaient, après une nuit sans sommeil.

— Juney dit qu'il ne sait pas ce qui a provoqué l'incendie. Il n'a laissé personne fumer pendant que l'on prenait les photographies... Est-ce là un point sensible ?

— Aïe ! Aïe !

— Pauvre Juney ! Il est épuisé, littéralement épuisé. Il n'est vraiment pas assez costaud pour servir dans la brigade de pompiers. Le chef lui a donné trois aides au lieu de deux pour se servir du tuyau d'arrosage. D'un autre côté, Juney avait l'impression qu'il servait à quelque chose, qu'il était moins impuissant... Là, vous pouvez vous rincer la bouche.

— L'immeuble est-il assuré ?

— Ouvrez la bouche un peu plus grand, s'il vous plaît. Très bien... Oui, il y a une assurance, mais la plupart du matériel n'a aucune valeur parce qu'il est vieux et ne peut être remplacé. Rincez-vous.

— Il est dommage que les vieux numéros du journal n'aient pas été enregistrés sur microfilms et stockés dans un endroit sûr.

— Juney dit que cela aurait coûté trop cher.

— Qui a signalé l'incendie ?

— Des enfants qui passaient dans la rue. Ils ont vu de la fumée et quand les pompiers sont arrivés tout le bâtiment était en flammes... Est-ce douloureux ?

— Aïe ! Aïe !

— Je pense que Juney va prendre ce travail au *Fluxion* et que sa mère va tout vendre, dit Jody, en soupirant.

Elle détacha la serviette.

— Voilà. Rincez-vous la bouche après

chaque repas, comme le Dr Zoller vous l'a recommandé.

— Vous pouvez dire au Dr Zoller que je ne me rince pas seulement la bouche après les repas, mais après chaque bouchée. Dans les restaurants on m'a surnommé le Rinceur Fou.

Du cabinet dentaire, il se rendit chez Scottie, l'élégante boutique pour homme de la grand-rue. Qwilleran, dont la mère était une Mackintosh, avait un faible pour tout ce qui était écossais et le propriétaire du magasin avait un accent typique qu'il réservait à ses meilleurs clients. Durant toute sa carrière journalistique, Qwilleran s'était fort peu préoccupé de sa garde-robe et avait toujours porté le même type de veste et de pantalon. Cependant il y avait quelque chose dans le mode de vie nordique qui excitait son intérêt pour les chemises écossaises, les pull-over irlandais, les vestes doublées de mouton, les toques de fourrure et les bottes fourrées. Et plus Scottie roulait les « r », plus Qwilleran faisait des achats.

En pénétrant dans la boutique, il demanda :

— Qu'est-il advenu aux dix centimètres de neige que nous étions censés avoir, aujourd'hui ?

— Sottises que tout cela, dit Scottie en secouant son abondante chevelure grise. Je ne crrrois pas un mot de ce que l'on dit à la rrradio.

— On dirait que vous n'avez pas bien dormi, la nuit dernière.

— Oui. Ce fut une terrible nuit, dit le chef des pompiers bénévoles. Je ne suis rentré chez moi qu'à six heurrres du matin. Chipmunk et Rennebuck nous avaient envoyé des renforts.

Dieu merci, ils sont venus... et nos femmes étaient là. Elles ont serrrvi du café et des sandwiches toute la nuit.

— Comment Junior a-t-il pris la chose ?

— Ce fut durrr pour lui. Combien de fois ne suis-je pas allé au jourrrnal voirr son vieux pèrrre ! C'était un véritable nid à incendie. Des tonnes de papiers et des séparations en bois, sans parler des planchers.

Scottie secoua la tête avec désapprobation.

— Avez-vous une idée sur la façon dont le feu a pris ?

— Je ne saurrrais le dire. On avait pris des photographies et cela pouvait venir d'une cigarette jetée par négligence. Il y a aussi un solvant inflammable qui est utilisé pour nettoyer les vieilles presses. S'il se renverse le feu peut prendre à une vitesse étonnante.

— Pas de soupçon d'incendie criminel ?

— Aucune preuve dans ce sens. Aucune raison de faire une enquête à ce sujet.

— Enfin vous avez sauvé l'hôtel de ville et le bureau de poste, Scottie.

— Oui, mais ce fut de justesse.

En rentrant chez lui, Qwilleran s'arrêta à la Bibliothèque municipale pour jeter un coup d'œil sur la salle de lecture. L'homme qui se prétendait historien n'était pas là et le surveillant déclara qu'il ne l'avait pas vu depuis mardi matin. Polly Duncan était absente elle aussi. Le surveillant dit qu'elle ne viendrait pas de la journée.

Mrs. Cobb servit du bœuf Stroganoff pour dîner, ce soir-là, accompagné de nouilles à la graine de pavot. Après s'être servi deux fois et avoir englouti une tranche de tarte au potiron, Qwilleran prit quelques journaux, deux magazines et alla s'installer dans la bibliothèque.

Il tira les rideaux et mit une allumette au feu préparé par Mr. O'Dell avec du papier froissé, des brindilles et quelques bûches. Puis il s'installa dans son fauteuil favori et allongea les jambes sur l'ottomane. Les siamois se présentèrent aussitôt. Ils savaient que le feu avait été allumé, avant que l'arôme du bois ne se fût répandu, avant que les branchages ne se fussent embrasés, avant même que l'allumette n'eût craqué. Après avoir fait sa toilette devant le feu, Koko commença à sentir les livres et Yom Yom sauta sur les genoux de Qwilleran en se tournant trois fois avant de s'installer.

La petite femelle témoignait une affection de plus en plus marquée pour son ami Qwill. Elle se montrait effrontément possessive de l'utilisation de ses genoux, le regardait avec adoration en ronronnant, quand il tournait les yeux vers elle et n'aimait rien tant que lever une patte de velours pour lui caresser la moustache. Il était vrai qu'il l'appelait « sa petite bien-aimée », mais son besoin obsessionnel d'attention devenait inquiétant. Il en avait parlé à Lori Bamba, cette jeune femme qui savait tout sur les chats.

— Tous préfèrent le sexe opposé, avait dit Lori, et ils savent très bien le reconnaître. C'est difficile à expliquer.

Yom Yom somnolait sur ses genoux, image même du contentement félin, lorsque Qwilleran entendit le premier plouf. Il était inutile de gronder Koko. Cela lui entrait par une oreille et lui sortait par l'autre. Lorsqu'il avait été réprimandé, dans le passé, non seulement il l'avait vivement ressenti, mais il avait toujours trouvé une façon ingénieuse d'user de représailles. Qwilleran l'avait appris à ses dépens : dans toutes les discussions qui pouvaient l'opposer à un siamois, celui-ci avait toujours le dernier mot.

Il soupira donc seulement et transporta la petite boule de fourrure endormie sur l'ottomane pour aller constater les dégâts. Comme il s'y attendait, c'était encore un volume de Shakespeare. Mrs. Fulgrove avait frotté les couvertures en peau de porc avec un mélange de lanoline, de cire d'abeille et d'huile de coude. Les deux premiers ingrédients étaient des produits animaux. Mais quelle que fût l'explication de l'intérêt de Koko pour ces livres, deux de ceux-ci étaient maintenant sur le sol et se trouvaient être les pièces favorites de Qwilleran : *Macbeth* et *Jules César !*

Il feuilleta ce dernier pour chercher le passage qu'il aimait : la scène de la conspiration contre la mort de César, alors que les hommes se réunissaient dans l'obscurité, en cachant leur visage sous leurs manteaux. *Baignons nos mains jusqu'au coude et nos épées dans le sang de César !*

La conspiration, songea Qwilleran, était la trame favorite de Shakespeare pour provoquer un conflit, créer un suspens et susciter l'attention du public. Dans Macbeth, il y avait la conspiration pour le meurtre du vieux roi. *Et pourtant qui aurait pensé que le vieil homme avait en lui tant de sang ?*

Un frémissement sur sa lèvre supérieure alerta Qwilleran. La double tragédie du *Picayune* était-elle le résultat d'une conspiration ? Il n'avait aucune preuve — seulement une sensation à la racine de ses moustaches. Il n'avait aucun indice et aucune raison logique de se livrer à une enquête.

Des années plus tôt, en tant que lauréat d'un prix de reporter criminel, il avait constitué un réseau de sources anonymes. Dans le Comté de Moose, il ne disposait d'aucune source ; bien que les autochtones fussent de notoriété publique fort bavards, ils évitaient de se confier à des étrangers et Qwilleran demeurait un étranger, même après dix-huit mois passés parmi eux.

Il regarda le calendrier. On était le mercredi treize novembre. Le soir du quatorze novembre, il aurait soixante-quinze bavards sous son toit, tous faisant partie des meilleures familles de la ville, buvant leur thé ensemble et participant aux activités locales.

— Très bien, vieux complice, dit-il à Koko, demain, nous approfondirons certaines pistes.

CHAPITRE CINQ

JEUDI QUATORZE NOVEMBRE. Le temps coopérait à l'événement social le plus important de la saison : pas trop froid, pas trop de vent, pas trop humide. Jeudi soir, soixante-quinze membres de la Société historique et du Club des vétérans verraient la Résidence Klingenschoen pour la première fois et celle-ci deviendrait officiellement le musée Klingenschoen.

Dès qu'il avait hérité de cette maison prétentieuse, Qwilleran avait considéré que c'était une demeure absurde pour abriter un célibataire et deux chats. En conséquence, il avait proposé, avec la coopération de la Société historique, d'ouvrir la résidence au public comme musée, deux ou trois après-midi par semaine. Lorsque le maire avait annoncé la nouvelle à la réunion du conseil municipal, les citoyens de Pickax s'étaient réjouis et les invités à l'inauguration s'étaient sentis honorés.

La journée de Qwilleran commença, comme d'habitude, dans son appartement au-dessus du garage. Il écouta le bulletin météorologique, but une tasse de café instantané, s'habilla et traversa le couloir pour aller dans la pièce réservée aux chats.

— Le transport spécial est prêt à partir sur la voie n° 4, annonça-t-il, en ouvrant le panier en osier.

Les siamois étaient assis côte à côte sur le rebord de la fenêtre, savourant un pâle rayon de soleil et ignorèrent son invitation.

— Le petit déjeuner sera servi dans le wagon-restaurant.

Il n'y eut pas de réponse, pas même un frémissement de moustache. Avec impatience, Qwilleran prit un animal dans chaque main et le déposa, sans cérémonie, dans le panier en osier.

— Si vous vous conduisez en chats ordinaires, leur expliqua-t-il, d'une voix raisonnable, vous serez traités comme des chats ordinaires. Montrez-vous des êtres courtois, intelligents et coopératifs et vous serez traités en conséquence.

Il y eut des grognements et des protestations à l'intérieur du panier pendant son transport dans la cour et vers la maison principale.

C'était Mrs. Cobb qui avait eu l'idée de laisser les siamois passer la journée au milieu des tapis d'Orient, des tapisseries d'Aubusson et des vieux livres de la Résidence K.

— Lorsque vous possédez des objets d'art, avait-elle expliqué, vous avez quatre fléaux à redouter : le vol, le feu, la chaleur sèche et les souris.

Sur son insistance, Qwilleran avait fait installer des humidificateurs, un système d'alarme contre les voleurs, un détecteur de fumée et une ligne de téléphone directe avec le poste de police. On comptait sur Koko et Yom Yom pour faire face au quatrième fléau.

Quand Qwilleran arriva à la porte de service avec le panier en osier, la gouvernante lui cria de la cuisine :

— Aimeriez-vous une omelette aux champignons, Mr. Q. ?

— Ça me paraît alléchant. Je vais donner à manger aux chats. Qu'y a-t-il pour eux dans le réfrigérateur ?

— Des foies de poulet sautés. Koko les préférera tiédis avec un peu de sauce du bœuf Stroganoff d'hier soir. Yom Yom est moins difficile.

Après avoir terminé son propre petit déjeuner, une omelette de trois œufs avec deux muffins anglais et de la gelée de groseille, il déclara à Mrs. Cobb :

— C'était délicieux. La meilleure omelette sans champignon que j'aie jamais mangée.

— Oh ! Mon Dieu, ai-je oublié de les ajouter ? dit la gouvernante, en prenant son visage entre ses mains pour cacher sa confusion. Je suis tellement surexcitée par cette soirée que je ne sais plus ce que je fais. N'êtes-vous pas nerveux vous-même, Mr. Q. ?

— Je ressens quelques faibles sentiments d'anticipation.

— Oh ! vous devez plaisanter ! Vous travaillez à cette soirée depuis un an.

C'était vrai. Pour préparer la Résidence à recevoir le public, le grenier avait été lambrissé et meublé en salle de réunion. Un parking avait été ajouté derrière le garage. Des ingénieurs du Pays d'En-Bas étaient venus installer un ascenseur. Un escalier à incendie avait été monté. Pour permettre l'accès facile des fauteuils roulants il y avait eu certains aménagements : une dénivellation à l'entrée de service, un vestiaire, avec toilettes, au rez-de-chaussée.

— Quel est le programme pour ce soir? demanda Qwilleran.

Mrs. Cobb avait présidé la réunion de la Société historique sur le déroulement de la soirée.

— Les membres commenceront à arriver à sept heures pour une visite accompagnée du musée, Mrs. Exbridge a formé plusieurs accompagnatrices.

— Et qui a formé Mrs. Exbridge? Ne soyez pas aussi modeste, Mrs. Cobb! Je sais et vous savez que toute cette aventure aurait été impossible sans votre expérience.

— Oh! merci, Mr. Q., mais je ne peux accepter tout le mérite de cette aventure. Mrs. Exbridge a de bonnes connaissances artistiques. Elle désire ouvrir une boutique d'antiquaire maintenant que la procédure de divorce est entamée.

— L'épouse de Don Exbridge? J'ignorais qu'il y eût des sujets de dissentiments entre eux. Je suis navré de l'apprendre.

Qwilleran était toujours sensible aux procès en divorce ayant lui-même traversé cette pénible expérience.

— Oui, c'est très regrettable, dit Mrs. Cobb,

je ne sais pas ce qui s'est passé. Susan Exbridge n'en parle jamais. C'est une femme charmante. Je ne connais pas son mari.

— Je l'ai rencontré deux fois. C'est un homme sympathique. Il plaît à tout le monde.

— Eh bien, il est promoteur immobilier et j'ai un préjugé défavorable à l'encontre de cette profession. Nous combattions toujours les promoteurs au Pays d'En-Bas. Rappelez-vous, ils voulaient détruire vingt boutiques d'antiquaires et quelques maisons historiques.

— Qu'y aura-t-il après le tour du musée ?

— Nous nous retrouverons dans la salle de réunion et, alors, vous prononcerez votre discours.

— Pas un discours. Quelques mots suffiront.

— Ensuite il y aura un bref échange de vues et l'on servira des rafraîchissements.

— J'espère que vous n'avez pas prévu soixante-quinze douzaines de cookies pour ces pique-assiettes éhontés. Je soupçonne la plupart d'entre eux d'assister à ces réunions pour vos gâteaux à la noix de coco. Votre ami Herb sera-t-il là ?

— Non, il doit se lever de bonne heure, demain matin. C'est l'ouverture de la chasse à l'élan. Et les chats ? assisteront-ils au vernissage ?

— Pourquoi pas ? Yom Yom passera la soirée en haut du réfrigérateur, mais Koko aime parader et faire son intéressant.

Le téléphone sonna et Koko sauta sur la table de la cuisine comme s'il savait que c'était un appel de Lori Bamba de Mooseville.

Lori était la secrétaire à mi-temps de Qwilleran. C'était une jeune femme portant deux longues tresses de cheveux blonds, nouées d'un ruban bleu. Les siamois l'adoraient.

— Bonjour Qwill, dit-elle. J'espère que je ne vous dérange pas à un moment important. Le grand jour est arrivé, n'est-ce pas ?

— En effet. Ce soir nous ouvrons les portes au public. Quelles sont les nouvelles de Mooseville ?

— Nick m'a téléphoné et m'a demandé de vous appeler. Quelqu'un a campé dans votre propriété au bord du lac. En allant à son travail, il a vu un break garé dans les bois. Il se demande si c'est avec votre autorisation ?

— Je ne suis pas au courant, mais est-ce vraiment un crime ? Il y a beaucoup de terrain dont personne ne s'occupe.

— Ce n'est pas une bonne idée d'encourager les intrusions. Ces gens peuvent laisser des ordures, couper vos arbres, mettre le feu...

— Bon ! Bon ! Vous m'avez convaincu.

— Nick dit que vous devriez appeler le shérif.

— Entendu. J'apprécie votre intérêt. Comment allez-vous tous à Mooseville et comment va le bébé ?

— Il a enfin dit son premier mot. Il a prononcé « moose » de façon très distincte, nous pensons qu'il deviendra, un jour, président du Syndicat d'Initiative... Est-ce que je n'entends pas Koko ?

— Il veut vous dire bonjour.

Qwilleran plaça le récepteur près de l'oreille du chat qui se mit à piétiner avec excitation.

Suivirent des séries de Yao et de Iks, accompagnés de ronronnements de diverses intensités et inflexions.

Lorsque la conversation fut terminée, Qwilleran raccrocha et dit à sa gouvernante :

— La langue anglaise comprend soixante mille mots. Koko n'en a guère que deux à sa disposition, mais il tire plus de musique et de signification de ses Yao et des Iks que bien des gens cultivés de tout un dictionnaire.

— Cette Lori a certainement la bonne manière pour s'adresser aux chats, dit Mrs. Cobb avec un soupçon d'envie.

— Si Lori avait vécu à Salem il y a trois cents ans, elle aurait été brûlée comme sorcière.

Le regard de la gouvernante s'attrista :

— Je crois que Koko ne m'aime pas.

— Pourquoi dites-vous cela, Mrs. Cobb ?

— Il ne me parle jamais. Il ne ronronne pas quand j'essaie de le caresser.

Qwilleran se racla la gorge avant de déclarer en choisissant ses mots :

— Les siamois sont moins démonstratifs que les autres races et Koko, en particulier, n'est pas un chat câlin, mais je suis sûr qu'il vous aime bien.

— Yom Yom se frotte contre mes chevilles, quand je fais la cuisine, et saute parfois sur mes genoux. C'est une gentille petite chatte.

— Koko est moins sentimental et plus cérébral, expliqua Qwilleran. Il possède ses propres attributs et sa personnalité, et nous devons le comprendre et l'accepter tel qu'il est. Il ne se livre peut-être pas à des démonstrations d'amitié, mais il vous respecte et apprécie la délicieuse cuisine que vous lui préparez.

Qwilleran termina ses délicates explications et s'esquiva avec une impression de soulagement. Koko lui avait aliéné l'amitié de plus d'une femme et un affrontement entre un chat caractériel et une gouvernante inestimable était à éviter à tout prix.

De la bibliothèque, il téléphona au shérif et moins d'une demi-heure plus tard, un homme en uniforme se présentait à la porte de service.

– Je viens de la part du shérif, monsieur, dit-il, j'ai reçu un rapport à la radio concernant votre propriété à l'est de Mooseville. Il n'y avait pas de break garé dans vos bois, bien que des traces de pneus aient été relevées. On a trouvé également deux paquets de cigarettes vides et des mégots enterrés, ce qui prouve que l'intrus est au courant des usages de camping. Il s'agissait de cigarettes canadiennes. Nous avons beaucoup de touristes canadiens. Pas de trace de braconnage, de tentative d'intrusion ou de vandalisme dans votre chalet. La saison de la chasse commence demain. Si vous ne voulez pas que des intrus s'introduisent dans vos bois, il serait bon de placer des panneaux interdisant l'entrée de votre propriété.

La journée se passa sans autre incident. Le temps se maintint. L'excitation gagna tout le monde. Mrs. Cobb mit du sucre dans le potage et du sel dans la compote de pommes. Koko se fit marcher deux fois sur la queue.

A sept heures toutes les lampes de la Résidence K furent allumées. Chaque haute fenêtre étroite brillait dans cette nuit hivernale, créant un spectacle que Pickax n'avait encore jamais connu. Des curieux commencèrent à se rassembler dans le square.

A leur arrivée, les invités étaient accueillis par Qwilleran et les officiels de la Société historique. Puis ils avançaient de pièce en pièce, s'émerveillant de la richesse et des dimensions de cette demeure princière : le salon, avec ses deux cheminées et ses deux lustres en cristal, renfermait une fortune en tableaux de maîtres suspendus sur les murs tendus de soie damassée rouge. La salle à manger, destinée à recevoir seize couverts, était garnie de murs lambrissés en chêne importés d'Angleterre au XIXe siècle. Les visiteurs étaient si transportés d'admiration que Koko se promena sans être remarqué, bien qu'il circulât au milieu de la foule et s'appliquât à prendre des poses plastiques sur les pilastres nouvellement installés ou sur le piano à queue en bois de rose.

A huit heures, les invités furent conviés à se réunir au deuxième étage. Nigel Fitch, conseiller financier à la banque, qui faisait office de président, frappa sur la table avec un marteau de commissaire-priseur et demanda à tout le monde de se lever pour observer une minute de silence à la mémoire de Senior Goodwinter. Puis les remerciements commencèrent. D'abord, le président remercia le service de la météorologie d'avoir fait attendre les premières chutes de neige. Il remercia ensuite Qwilleran d'avoir transformé la Résidence K en musée.

Qwilleran se leva et remercia les membres de la Société historique de leurs encouragements et de leur aide. Il remercia les entreprises XYZ pour avoir offert leurs services au projet de construction. Il remercia la firme CPA pour avoir publié le catalogue du musée. Il remercia plus particulièrement Mrs. Cobb pour avoir organisé le musée sur un mode professionnel. A son tour, Mrs. Cobb remercia les quatre membres de la Société historique qui avaient travaillé à cette avant-première. Pendant tout ce temps, le président ne cessait de regarder en direction de l'ascenseur.

Au cours de la discussion qui suivit, sur les nouveaux travaux, Polly Duncan, représentant la Bibliothèque municipale, proposa un projet d'histoires orales devant être enregistrées sur cassette pour conserver les souvenirs des plus anciens habitants.

– Ce projet devrait être pris en main par quelqu'un ayant une grande habitude des interviews, spécifia-t-elle en regardant Qwilleran.

Celui-ci déclara qu'il pourrait toujours essayer.

Nigel Fitch, qui était habituellement partisan de réunions brèves, procédait avec une lenteur inusitée.

– Nous attendons le maire, expliqua-t-il, enfin. Il a dû être retenu à l'hôtel de ville.

Chaque fois que Fitch regardait vers l'ascenseur, toutes les têtes se tournaient dans cette direction. A un moment donné, il y eut un bruit de mise en route du mécanisme et un silence s'établit sur la réunion. Les portes de l'ascenseur s'ouvrirent et un vétéran en sortit. Il était grand et mince, coquettement vêtu ; il s'avança vers un siège vide, d'une démarche claudicante de robot.

— C'est Mr. Tibbitt, expliqua une femme assise à côté de Qwilleran, c'est un ancien directeur d'école en retraite. Il a quatre-vingt-treize ans le cher vieil homme.

— Monsieur le Président, dit Susan Exbridge, j'aimerais faire une proposition. La société musicale présentera *Le Messie* de Haendel, à la vieille église, le 24 novembre, exactement tel qu'il a été exécuté au XVIIIe siècle, avec les chanteurs en costumes d'époque. Nous avons prévu une réception pour fêter les exécutants, après la représentation, et ce musée serait l'endroit idéal pour cette réunion, si Mr. Qwilleran y consent.

— Vous avez mon accord, dit celui-ci, à condition que je ne sois pas obligé de porter des culottes de soie à la française.

Le maire n'arrivait toujours pas. Tout en consultant fréquemment sa montre, Fitch souleva des discussions sur les taxes, sur la façon de recruter de nouveaux membres et sur l'instauration d'un bulletin périodique.

Finalement, le bruit de l'ascenseur se fit entendre ; suivi d'un cliquetis lorsque la cabine arriva à l'étage. Toutes les têtes se tournèrent avec espoir. Les portes de l'ascenseur s'ouvrirent et Koko en sortit, la queue perpendiculaire, les oreilles fièrement dressées, tenant une souris morte dans sa gueule.

Qwilleran sauta sur ses pieds.

— Et je tiens à remercier le vice-président en exercice pour sa contribution à l'extermination de certains risques du musée.

— Réunion ajournée ! cria Fitch.

Au cours de l'heure qui suivit, le banquier dit à Qwilleran :

— Vous avez là un chat remarquable. Comment s'y est-il pris ?

Qwilleran expliqua que Mr. O'Dell était en bas et qu'il avait probablement fait entrer Koko dans la cabine et poussé lui-même les boutons afin d'envoyer le chat en haut, juste pour rire un peu.

En réalité, Qwilleran ne pensait rien de tel. Koko était capable d'entrer dans la cabine, de bondir de toute sa hauteur pour presser le bouton avec sa patte. Il l'avait déjà fait. Le chat était fasciné par les boutons, les leviers, les clefs, les poignées de porte. Mais comment expliquer cela à un banquier ?

Lorsque le maire se présenta, enfin, il attira Qwilleran à l'écart :

— Dites-moi, Qwill, quand cette ville finira-t-elle par émerger du Moyen Age ?

— Que voulez-vous dire ?

— Connaissez-vous un seul comté qui puisse fonctionner sans un journal ? Nous savions tous que Senior était un vieux fou, mais nous pensions que Junior prendrait sa succession. C'est un gosse brillant. Je l'ai eu comme élève en sciences politiques, quand j'étais professeur. Mais je suppose que vous avez appris que Gritty vend le *Picayune* à n'importe qui ? Les acquéreurs vont tirer beaucoup d'argent de cette transaction. Ils vont créer une gazette publicitaire, un point c'est tout, et nous n'aurons toujours pas de journal digne de ce nom. Pourquoi n'en créez-vous pas un, Qwill ?

— Eh bien, voyez-vous, j'ai longtemps pensé que j'aimerais avoir un journal à moi ainsi que mon propre restaurant à cinq étoiles, mais je dois reconnaître, en toute humilité, que je ne suis pas davantage un financier qu'un administrateur.

— Bon. Mais vous avez des relations au Pays d'En-Bas. Je sais que vous avez engagé ce jeune couple à venir reprendre le restaurant du Vieux Moulin. Ne pourriez-vous inviter des journalistes à venir ici ?

— J'y songerai, promit Qwilleran.

Tout en buvant des tasses de thé ou des verres de punch, la conversation devint générale :

— Quelle incroyable collection d'objets d'art !

— Que pensez-vous du temps ?

— Une soirée mémorable, nous avons une grande dette envers Mr. Qwilleran.

— La neige n'est jamais tombée aussi tard.

— Que faites-vous pour le Thanksgiving day ?

— Désirez-vous un arbre de Noël de trois mètres de haut pour le musée, Qwill ? J'en ai un de toute beauté à la ferme.

— Quel endroit charmant pour une noce ! Mon fils doit se marier bientôt.

Personne n'émettait la moindre théorie sur la mort de Senior ou l'incendie du *Picayune*, malgré les questions insidieuses de Qwilleran. Il restait un étranger. Bien que par profession il eût toujours l'oreille tendue, il n'entendit rien qui indiquât une activité illégale ou une conspiration.

Alors qu'il éprouvait un certain désappointement, il remarqua que Mrs. Cobb était toute surexcitée. Elle bavardait avec vivacité, riait beaucoup et acceptait les compliments sans rougir. Quelque chose de merveilleux lui était arrivé. Avait-elle gagné le gros lot à la loterie nationale ? Ou bien, était-elle grand-mère pour la première fois ? Ou encore le maire l'avait-il nommée à une commission sur la préservation des monuments historiques ? Quelle qu'en fût la raison, Mrs. Cobb manifestait une joie tout à fait insolite.

Puis Qwilleran observa un couple de vétérans assis dans un coin ; la tête penchée l'un vers l'autre, ils paraissaient échanger des confidences. La femme, assez frêle, s'appuyait sur une canne en écoutant le vieil homme lui parler de l'incendie du *Picayune*. Qwilleran leur demanda s'ils prenaient plaisir à la réunion.

— Les cookies sont bons, dit le vieil homme, mais ils auraient dû mettre un peu plus de rhum dans le punch. Heureusement, il ne neige pas.

— Nous ne sortons plus guère, après les premières chutes de neige, dit sa compagne. Je n'avais jamais vu l'intérieur de cette belle maison.

— Je n'ai pas entendu un seul mot des discours, dit le vieil homme.

La femme haussa les épaules :

— Amos, vous vous asseyez toujours au dernier rang et vous vous plaignez de ne pas entendre.

Qwilleran leur demanda leurs noms.

— Je suis Amos Cook, quatre-vingt-huit ans, dit l'homme. Quatre-vingt-huit ans et je fais toujours la cuisine, hé ! hé ! hé !

Il fit un petit clin d'œil, avant d'ajouter :

— C'est encore une poulette, elle n'a que quatre-vingt-cinq ans, hé ! hé ! hé !

— Mon nom est Hettie Spencer et j'aurai quatre-vingt-six ans le mois prochain.

Les vétérans se flattaient toujours de leur grand âge.

— J'étais une Fugtree avant d'épouser Mr. Spencer. Il était propriétaire de la quincaillerie. Nous avons élevé cinq enfants, dont quatre fils, et nous en avons adopté trois. Tous sont allés au collège. Mon fils aîné est ophtalmologiste au Pays d'En-Bas.

Elle s'exprimait avec des battements de cils.

— Ma petite-nièce a épousé l'un de ses fils, coupa Amos

— J'écrivais les éloges funèbres pour le *Picayune*, avant que l'arthrite ne m'en empêche. J'ai écrit celui de la dernière des Klingenschoen.

— Je l'ai lu. Il est inoubliable, dit Qwilleran.

— Mon père n'a pas voulu me laisser aller au collège, mais j'ai suivi des cours par correspondance et…

Amos l'interrompit :

— Elle et moi avons figuré dans les photographies qui ont été prises avant l'incendie.

— Y avez-vous pris plaisir ? demanda Qwilleran. La photographe était-elle bonne ? Combien de clichés a-t-elle pris ?

— Trop, dit Amos. Je n'en pouvais plus. Je viens d'être opéré de la prostate et elle n'arrêtait pas de faire cliqueter son appareil. Ça n'était pas comme ça au bon vieux temps. A l'époque, on attendait que le petit oiseau sorte de la boîte et le photographe se cachait la tête sous un tissu noir.

— En ce temps-là, il n'y avait pas de femmes photographes, ajouta Hettie.

— Elle ne m'a pas laissé fumer mon cigare sous prétexte que cela allait enfumer la photo. Je n'ai jamais rien entendu de plus sot.

Qwilleran demanda à quelle heure ils avaient quitté le bureau du journal.

— Mon petit-fils est venu me chercher à six heures, dit Amos.

— Cinq heures, corrigea Hettie.

— Six heures, Hettie. Junior a raccompagné la jeune femme à l'aéroport à cinq heures et demie.

— Eh bien ma montre indiquait cinq heures et j'ai pris mon médicament.

— Vous aviez oublié de la remonter et vous avez pris votre pilule en retard. C'est même pour ça que vous avez eu un vertige.

Qwilleran interrompit cette discussion :

— L'incendie a éclaté environ quatre heures plus tard. Avez-vous une idée sur ce qui a pu le provoquer?

Le vieux couple se regarda en secouant la tête.

— Combien de temps avez-vous travaillé au *Picayune*, Mr. Cook?

— J'ai commencé à dix ans et j'y suis resté jusqu'à ce que je ne puisse plus travailler.

Il se frappa la poitrine.

— J'ai le cœur faible. Mais j'étais chef typographe, du temps de Titus. Nous avions deux hommes et un apprenti aux presses à main et il fallait une journée pour imprimer deux mille mots. Le journal se vendait un penny, alors. Vous pouviez avoir un abonnement d'un an pour un dollar.

Qwilleran se souvint du livre dont Polly lui avait parlé.

— Aimeriez-vous venir en bas, tous les deux, voir de vieilles photographies des employés du *Picayune*? Vous pourrez peut-être en identifier certains.

— Ma vue n'est plus très bonne, dit Hettie, j'ai une cataracte et je ne marche pas vite, depuis que je me suis cassé le col du fémur.

Néanmoins, Qwilleran les conduisit dans la bibliothèque et exhiba l'exemplaire du *Pickax illustré*. Il brancha la cassette d'enregistrement et l'entretien fut retranscrit plus tard par Lori Bamba.

Question : Voici une photographie des employés du Picayune *prise avant 1921. Reconnaissez-vous certains visages?*

Amos : Je ne figure pas sur cette photo. Je ne sais même pas quand elle a été prise, mais Titus Goodwinter est au centre : Celui qui porte un chapeau melon et des moustaches en guidon de bicyclette.

Hettie : Il portait toujours un chapeau melon. Qui est à côté de lui?

Amos : Celui qui a des élastiques pour retenir ses manches? Je ne le connais pas.

Hettie : N'était-ce pas le comptable?

Amos : Non. Le comptable est celui qui a des manches rayées. Il s'appelait Bill Watkins.

Hettie : Bill était shérif. Son cousin Barnaby tenait les livres de comptes. Je suis allée à l'école avec lui. Il a été tué dans un accident de voiture. Il avait essayé d'arrêter un cheval emballé.

Amos : C'est le shérif qui a essayé d'arrêter le cheval, Hettie. Barnaby a été tué d'un coup de fusil dans la tête.

Hettie : Je vous demande pardon, Barnaby ne croyait pas aux armes à feu. Je connaissais toute sa famille.

Amos (plus fort) : Je n'ai pas dit qu'il avait une arme. C'est un chasseur qui l'a tué.

Hettie : Je croyais qu'un shérif portait toujours une arme.

Amos (criant) : Nous parlons du comptable, Barnaby, celui qui a des manches rayées.

Hettie : Inutile de crier ainsi !

Amos : Eh bien, de toute façon, celui qui a un chapeau melon est Titus Goodwinter.

Titus était-il le fondateur du Picayune ?

Amos : Non. C'est Ephraïm qui a créé le journal, bien plus tôt. Il a eu un superbe enterrement, quand il est mort. Il s'est pendu.

Hettie : Ephraïm s'est pendu, ou, du moins, c'est ce que l'on a raconté.

Amos : A un grand chêne, près du vieux pont de bois.

Est-ce, alors, que Titus a commencé à diriger le journal ?

Amos : Non. C'est son fils aîné qui a repris l'affaire. Mais il a été désarçonné par son cheval.

Hettie : Des milliers d'étourneaux se sont envolés d'un champ de blé et son cheval s'est emballé.

Amos : En ce temps-là, les étourneaux ressemblaient aux moustiques que nous avons aujourd'hui.

Hettie : Titus prit la direction du journal

après cela. Ah! c'était un homme violent! Un jour, alors que le ruisseau était en crue son cheval a refusé de traverser. Titus a sauté à terre et dans un accès de colère, il l'a abattu.

Amos : Son propre cheval, croyez-vous! Il l'a mis à mort! C'est bien Titus, avec son chapeau melon. Il portait toujours des chapeaux melon.

Qui est cet homme, à la fin de la rangée?

Amos : C'est lui qui conduisait le chariot, n'est-ce pas, Hettie?

Hettie : Oui, c'est bien lui. Je ne l'ai jamais aimé. Il buvait.

Amos : Il a tué Titus au cours d'une bagarre et il est allé en prison. Cependant, c'était un bon conducteur. Il avait une fille appelée Ellie. Une bien jolie fille. Elle a travaillé quelque temps au journal.

Hettie : Elle pliait des journaux, faisait le thé et balayait le bureau.

Amos : Elle s'est jetée dans la rivière, par une nuit noire.

Hettie : La pauvre fille n'avait pas de mère. Son père buvait et son frère était une brute.

Amos : Titus s'était entiché d'elle.

Hettie : Il a toujours été un homme à femmes, avec son chapeau melon et sa grosse moustache.

Fin de l'interview.

Nigel Fitch interrompit le dialogue en disant qu'il était prêt à reconduire les deux retraités chez eux. Tous les invités s'en allaient à contrecœur. Attirant Polly à l'écart, Qwilleran l'invita à rester un moment.

— Juste un petit verre de sherry et je devrai partir, dit-elle, en entrant dans la bibliothèque.

Elle reprit :

— J'espère que vous ne voyez pas d'inconvénient à la façon dont je vous ai impliqué dans mon projet d'histoires orales ?

— Pas du tout. Ce sera même peut-être une expérience intéressante. Saviez-vous que le père de Senior avait été assassiné et que son grand-père s'était pendu ?

— La famille a connu la violence, mais vous devez vous souvenir que c'était, alors, l'époque des pionniers, comme l'Ouest sauvage à une date antérieure. Nous sommes plus civilisés aujourd'hui.

— Ordinateurs et enregistrements vidéo point ne font une civilisation.

— Ce n'est pas du Shakespeare, Qwill !

— J'ai rendu visite à Mrs. Goodwinter, hier. Ce n'est pas ce que l'on peut appeler une « veuve éplorée ».

— C'est une femme courageuse.

— Elle a pris des décisions bien soudaines : vendre la maison, mettre les meubles aux enchères et laisser partir les presses anciennes pour une bouchée de pain. Senior est mort depuis moins d'une semaine et il y a déjà des affiches pour la vente partout en ville. N'est-ce pas aller un peu vite ?

— Les gens qui n'ont jamais été veufs ou veuves disent toujours aux autres comment il convient de se comporter. Gritty est une femme forte, comme sa mère. Euphonia Gage devrait figurer sur votre liste des personnes à interroger pour les histoires orales.

— Que savez-vous des Entreprises XYZ ?

— Seulement qu'elles réussissent tout ce qu'elles entreprennent.

— Connaissez-vous les dirigeants ?

— Un peu. Don Exbridge est un homme charmant. C'est le promoteur, celui qui a des idées. Caspar Young est l'entrepreneur et le Dr Zoller, le financier.

— Tout s'explique ! Je suppose que ce dernier a fait fortune dans l'industrie dentaire. X, Y et Z font-ils partie du Country Club ?

Qwilleran s'était livré à une étude sur le système de coteries de Pickax. Tout dépendait du club auquel vous apparteniez, de l'église que vous fréquentiez et depuis combien de temps votre famille vivait dans le Comté de Moose. Les Goodwinter remontaient à cinq générations, les Fitch à quatre.

— Je dois partir avant que mon propriétaire appelle le shérif et envoie une équipe à ma recherche, dit Polly. Mr. MacGregor est un charmant vieux monsieur et je ne veux pas l'inquiéter.

Après son départ, Qwilleran se demanda si la main ferme des Entreprises XYZ avait guidé les décisions de Mrs. Goodwinter ? Tous appartenaient au même club. Ils jouaient au golf et au bridge ensemble.

Il se demanda également si Polly avait réellement un vieux propriétaire appelé MacGregor qui surveillait toutes ses activités, ou si ce n'était pas plutôt une excuse inventée pour s'en aller de bonne heure ? Pourquoi répugnait-elle autant à rentrer tard ? Que craignait-elle ? Des commérages, peut-être ? Pickax imposait un code victorien aux femmes exerçant une profession et elles se donnaient la peine de sauver les apparences, même lorsqu'elles vivaient en réalité comme en cette fin de XXe siècle. Le propriétaire de Polly était peut-être plus qu'un propriétaire, se dit Qwilleran avec un certain cynisme.

CHAPITRE SIX

VENDREDI QUINZE NOVEMBRE. C'était l'ouverture de la chasse à l'élan. Au musée Klingenschoen, le lendemain du vernissage, Mrs. Cobb était toujours transportée de joie et même un peu ivre. Qwilleran la complimenta sur le succès de la soirée.

— Tout le monde a apprécié le musée et les rafraîchissements, pas nécessairement dans cet ordre, dit-il. On nous a offert un sapin de Noël de trois mètres de haut et Mrs. Fitch voudrait disposer du musée pour le mariage de son fils.

— Ce serait un merveilleux décor pour un mariage, dit-elle, avant d'ajouter en plaisantant : Koko pourrait servir de garçon d'honneur et porter les alliances enfilées dans sa queue.

— Vous êtes bien malicieuse, ce matin, dit Qwilleran, vous devez vous sentir bien.

Elle lui jeta un regard timide :

— Que diriez-vous de célébrer deux mariages ?

— *Vous ?*

Les yeux d'Iris Cobb brillèrent derrière ses verres épais de myope :

— Herb achète une ferme qui a plus de cent ans. Il m'a téléphoné, juste avant la réception, et m'a dit qu'il pensait que nous devrions nous marier.

— Hum! fit Qwilleran, pris de court. Il s'agit, sans doute de la ferme Goodwinter. Je l'ai vue. C'est un bijou.

— Il l'achète à bon compte parce que la vendeuse est pressée de vendre avant l'arrivée de la neige. ·

— La maison est trop décorée, mais vous saurez y remédier.

— Ce sera amusant de la restaurer dans sa beauté première.

— Hackpole aime-t-il les antiquités?

— Pas vraiment, mais il me laisse carte blanche. Il aime par-dessus tout la chasse et la pêche. Il possède un placard rempli de fusils et de couteaux de chasse ainsi que de cannes à pêche... Il veut m'offrir un 22 long rifle, je crois, pour tirer sur les écureuils et les lapins, ajouta-t-elle, avec une moue désapprobatrice.

— Il est difficile de vous imaginer guettant au milieu des bois pour tirer sur ces charmants petits animaux.

Elle hocha la tête.

— Herb m'a raconté comment il dépeçait un cerf sur le terrain et j'en ai eu l'estomac retourné. A propos, il voudrait savoir si vous aimez le gibier? Il abat toujours sa bête le jour de l'ouverture et il dit que la viande est délicieuse si l'on saigne lentement l'animal jusqu'à ce que mort s'ensuive. Le cœur doit pomper le sang des tissus, dit-elle, sans enthousiasme.

— Hum ! répéta Qwilleran, dont la moustache s'affaissait de plus en plus tristement.

Le tour pris par les événements ne lui plaisait pas. Une femme qui travaillerait huit heures par jour et rentrerait ensuite chez elle pour s'occuper d'un mari serait tout à fait différente de la gouvernante à domicile qui les avait si bien gâtés, lui et les chats, depuis dix-huit mois. Cependant il savait qu'Iris Cobb, déjà deux fois veuve, désirait se remarier. Il était regrettable qu'elle n'ait pas trouvé mieux que cet Hackpole.

Il était vrai que celui-ci gagnait bien sa vie avec son commerce de voitures d'occasion et de récupération de métaux. Il était vrai aussi qu'il était pompier volontaire — ce qui était à porter à son crédit. Il avait fabriqué le jardin potager mobile pour les herbes aromatiques. Il avait également ramassé des myrtilles pour que Mrs. Cobb pût préparer sa célèbre gelée. Cependant, partout en ville, Hackpole était considéré comme un homme exécrable. Il paraissait n'avoir aucun ami en dehors de Mrs. Cobb et ce Roméo inepte voulait maintenant lui offrir un 22 long rifle. Pauvre femme ! Déjà, elle avait espéré un certain chemisier de luxe pour son anniversaire et il lui avait offert un couteau de l'armée suisse. L'homme soulevait la curiosité de Qwilleran.

Comment s'était-il arrangé pour acheter aussi rapidement la ferme Goodwinter ? Il n'était guère pensable qu'il fût membre du Country Club, mais il avait peut-être des relations avec les Entreprises XYZ. Son atelier avait obtenu le contrat pour la fourniture des balcons en fer forgé du motel de Mooseville et des villas du Village indien.

Puis le téléphone sonna et Qwilleran prit l'appel dans la bibliothèque. Une voix de petite fille s'éleva :

— Mr. Qwilleran, c'est Jody. Juney est revenu du Pays d'En-Bas, la nuit dernière. Il n'a pas obtenu d'engagement.

— A-t-il vu le directeur du journal ?

— Oui, celui qui lui avait promis un emploi. Il lui a dit qu'il venait d'engager trois nouvelles femmes reporters et qu'il n'avait rien à lui offrir pour l'instant. Il a ajouté qu'il penserait à lui et lui écrirait.

Typique de cet individu, pensa Qwilleran.

— Juney a essayé au *Morning Rampage*, mais ils réduisent le personnel. Il est terriblement déprimé. Il est arrivé tard dans la nuit et n'a pas dormi du tout.

— Avec ses diplômes, il n'aura aucun mal à décrocher un emploi, Jody. Les journaux envoient des émissaires sur les campus universitaires pour recruter les meilleurs éléments. Il n'a essayé que dans une seule ville. Il devrait envoyer des demandes d'emploi dans tout le pays.

— C'est ce que je lui ai dit. Il ne veut rien écouter. Il est parti, tôt ce matin, pour aller à la ferme chercher le fusil de son père, si sa mère ne l'a pas déjà vendu. C'est pourquoi je suis si inquiète. Juney n'est pas chasseur. Je crois bien qu'il n'a jamais tenu un fusil de sa vie.

— Marcher dans les bois sera une excellente thérapie, Jody. Cela lui éclaircira les idées. Le temps n'est pas trop mauvais, ne vous inquiétez pas pour lui.

— Eh bien, je ne sais...

— Lorsque Junior reviendra, venez me voir tous les deux, nous discuterons.

Qwilleran avait pris rendez-vous avec la Grandma Gage de Junior afin de l'interviewer pour les histoires orales, mais il avait une heure devant lui et il se sentait nerveux.

Les nouvelles de Mrs. Cobb l'avaient perturbé et la déception de Junior le mettait vaguement mal à l'aise, aussi mit-il en pratique son propre conseil et il partit en voiture pour la campagne.

C'était une journée grise peu propice à apporter du réconfort et, sans neige, le paysage paraissait morose. En conduisant au nord de Mooseville, à travers une région de chasse, il regarda les routes secondaires, en quête de la voiture de Junior. Çà et là, une automobile ou un pick-up de chasseur était garé sur le bas-côté, mais il ne vit aucune trace d'une Jaguar rouge. Il aperçut des silhouettes orange penchées dans un champ, ou s'enfonçant dans les bois et il entendit quelques coups de fusils. Il se félicita de porter sa propre casquette orange.

En arrivant à sa propriété, au bord du lac, il suivit la route sinueuse qui conduisait au chalet. Il vit les traces de pneus à l'endroit où le campeur s'était arrêté, puis il se dirigea vers le chalet en bois qui surplombait le lac. Avec ses volets fermés, le chauffage éteint, l'eau coupée, il faisait aussi froid à l'intérieur qu'à l'extérieur. Sur la plage, les barrières de neige étaient en place. Le lac paraissait triste et près de geler. Dans son ensemble, le paysage était désolé et désert. Il entendit des coups de fusils dans les bois et se hâta de regagner sa voiture.

En se rendant à son rendez-vous avec Euphonia Gage, il fit un détour par MacGregor Road, à la recherche du cottage où Polly prétendait vivre sous l'œil attentif de son vieux propriétaire. Il n'y avait pas d'habitation sur cette route de campagne, mais seulement des champs coupés par quelques bouquets d'arbres. Il n'y avait pas non plus de circulation et il ne croisa qu'une seule voiture, avec un pneu au-dessus du toit. Le conducteur salua Qwilleran, en levant la main.

Soudain il y eut un cahot et l'asphalte céda la place à des graviers. Un peu plus loin deux boîtes aux lettres fixées contre des poteaux en cèdre marquaient une longue allée bordée de buissons. Elle conduisait à une vaste ferme en pierre. Sur le côté, un peu plus loin, se trouvait un petit cottage. On voyait aussi quelques cabanes et une vieille grange. Les noms sur les boîtes aux lettres étaient ceux de MacGregor et de Duncan.

Il n'y avait aucune voiture en vue, ni tracteur, ni camion. Pas de chien non plus, mais une oie tourna au coin de la maison et siffla de façon menaçante. Avec une extrême prudence et en gardant l'œil sur le volatile, Qwilleran descendit de voiture et s'approcha de la porte. Il n'eut même pas besoin de frapper. Sa présence avait été annoncée.

— Que voulez-vous ? cria une voix querelleuse, tandis qu'un vieil homme frêle et voûté apparaissait sur le seuil. Il portait trois pull-overs et des jambières tricotées sur son pantalon.

— Mr. MacGregor ? Je suis Jim Qwilleran. Je voulais juste vous poser une question.

— Que vendez-vous ? Je n'ai besoin de rien.

— Je ne suis pas commis voyageur. Je cherche un chasseur qui conduit une Jaguar rouge.

— Une quoi?

— Une voiture rouge, rouge vif.

— Je ne saurais vous le dire, je ne distingue plus les couleurs, dit le vieil homme.

— Merci quand même, Mr. MacGregor et bonne journée!

Surveillant toujours l'oie, Qwilleran se retira, satisfait. Il avait établi que Polly habitait réellement un cottage à côté d'une ferme appartenant à un vieil homme appelé MacGregor. Le cottage, avait-il noté, était incroyablement petit.

A deux heures et demie, il sonna à l'une des grandes maisons de pierre de taille de Goodwinter Boulevard pour interroger la présidente du Club des vétérans, âgée de quatre-vingt-deux ans. La femme qui lui ouvrit avait bien cet âge, mais il était douteux qu'elle fît de la gymnastique et battît Junior au punching-ball.

— Mrs. Gage est dans son atelier, dit la femme, vous pouvez entrer directement, en passant par le salon.

Une cave obscure de velours sombre, garnie d'un lourd mobilier victorien, de sièges recouverts de crin de cheval, menait à un atelier brillamment éclairé, dépourvu de meubles à l'exception de deux grands miroirs et d'un tapis de gymnastique. Une petite femme, vêtue d'un collant de danseuse et de jambières en laine était assise sur le tapis, dans la position du lotus. Elle se leva sans effort et s'avança :

— Mr. Qwilleran! Junior m'a tant parlé de

vous! Et naturellement, j'ai lu vos chroniques du *Fluxion*.

Sa voix était calme mais vibrante. Elle enfila un long sweater et le conduisit dans la salon où la chaleur était suffocante. Bien qu'elle fût de petite taille, elle n'était pas frêle. Ses cheveux étaient blancs, mais son visage lisse.

— J'ai cru comprendre que vous étiez la présidente du Club des vétérans, dit-il.

— Oui, j'ai quatre-vingt-deux ans. Le membre le plus jeune est automatiquement nommé président.

— Je vous soupçonne d'avoir menti sur votre âge.

Son expression flattée lui apprit qu'elle était sensible au compliment.

— J'ai l'intention de vivre jusqu'à cent trois ans. Je pense que cent quatre ans serait excessif. Prendre de l'exercice est le grand secret pour rester en forme et apprendre à respirer est le facteur le plus important. Savez-vous respirer, Mr. Qwilleran?

— Je m'y efforce depuis cinquante ans.

— Levez-vous et laissez-moi poser la main sur votre cage thoracique. Maintenant inspirez, expirez, inspirez, expirez. Ce n'est pas mal, Mr. Qwilleran, mais vous devriez travailler un peu plus vos abdominaux. Et maintenant, que puis-je faire pour vous?

— J'aimerais ouvrir cet enregistreur et vous poser quelques questions sur les anciens jours dans le Comté de Moose.

— Je serai heureuse de vous rendre ce service.

L'entretien suivant fut plus tard retranscrit :

Question : Quand vos ancêtres sont-ils venus dans le comté de Moose, Mrs. Gage?

Mon grand-père est arrivé ici au milieu du XIXe siècle, à la fin de ses études de médecine. C'était le premier médecin et il fut accueilli comme une bénédiction du ciel. Il n'y avait ni hôpital, ni clinique. Tout était à l'état rudimentaire. Il faisait ses visites à cheval, parfois en ayant à se battre contre une meute de loups. Un jour, il eut à affronter un incendie de forêt. Lorsque les pistes devinrent impraticables, il dut se frayer un chemin à travers vingt kilomètres de buissons qu'il taillait à coups de hache, afin d'aller au secours des survivants. Ceux-ci étaient brûlés, mutilés, aveugles et il n'y avait pas d'autres médicaments que ceux qu'il apportait avec lui.

De quel genre de médicaments disposait-il?

Grand-père procédait à ses propres mélanges et fabriquait ses pilules, en utilisant des herbes et des produits botaniques tels que la poudre de rhubarbe, l'arnica et la noix vomique. Certains patients préféraient de vieux remèdes comme des tisanes et une bonne lampée de whisky. Il n'était jamais payé avec de l'argent. On lui donnait deux poulets pour remettre une jambe cassée et un panier de pommes pour un accouchement.

Quel genre de maladies soignait-il?

Toutes. La fièvre, la variole, la tuberculose ; il pratiquait également la chirurgie et les soins dentaires. Il arrachait les dents avec une paire de pinces. Il y avait de nombreux cas d'urgence provoqués par les crues du printemps, les morsures de serpents, les accidents de moulins, les coups de pied de mule, sans parler des bagarres à la taverne, le vendredi soir. Les amputations étaient fréquentes. J'ai sa collection de scies, de couteaux et de bistouris.

Pourquoi y avait-il autant d'amputations?

Les antibiotiques n'existaient pas. Un membre infecté devait être coupé ou bien le malade mourait de la gangrène. Grand-père racontait comment il procédait à des opérations dans une cahute en bois, à la lueur des chandelles, pendant que la famille chassait les mouches des plaies ouvertes. Lorsque mon père commença à pratiquer la médecine à son tour, les conditions s'étaient améliorées. Il avait un cabinet dans notre maison et il faisait ses visites dans un buggy tiré par un cheval. Il avait même un cocher à demeure qui vivait au-dessus des écuries et s'occupait des chevaux. Il s'appelait Zack. Plus tard, il alla travailler au *Picayune* et gagna la notoriété en tuant Titus Goodwinter.

Connaissez-vous les circonstances de ce meurtre?

Il faut revenir en arrière. Le père de Zack était mineur. Il fut tué au cours d'une explosion souterraine. Zack en conçut une vive rancune. Il devint un homme amer et violent. Il battait régulièrement sa femme et ses deux enfants. Père les soignait et signalait les violences à la police, mais sans résultat. La plus jeune fille de Zack travaillait aussi au *Picayune* et Titus, qui était un coureur de jupons, séduisit la pauvre fille. Elle se noya et Zack régla son compte à Titus à coups de couteau. Ce n'est pas une très jolie histoire.

Le Picayune *était-il un bon journal à ses débuts?*

Eh bien, ... je préférerais que vous débranchiez cette machine...

Fin de l'entretien.

Quand Qwilleran arrêta l'enregistrement, Mrs. Gage reprit :

— Je peux vous parler en confidence, parce que vous êtes un ami de mon petit-fils préféré. Junior a une haute opinion de vous. La vérité est que je n'ai jamais apprécié cette branche de la famille Goodwinter, ni le journal qu'ils publiaient. Le fondateur du *Picayune*, Ephraïm Goodwinter, n'était pas journaliste. C'était un riche propriétaire de mines qui aurait fait n'importe quoi pour de l'argent. Son avarice et sa négligence avaient provoqué la terrible explosion de la mine, au cours de laquelle trente-deux hommes ont trouvé la mort. Finalement, il se suicida. Ses fils ne valaient pas mieux que lui. Son petit-fils Senior était un homme étrange. Il ne s'intéressait qu'à la composition de ses caractères d'imprimerie, dit-elle, sur un ton méprisant.

— Pourquoi votre fille l'a-t-elle épousé? demanda carrément Qwilleran.

— Gritty avait toujours voulu épouser un Goodwinter, et elle faisait toujours exactement ce qu'elle avait décidé. C'était certainement un couple bizarre. C'est une femme ardente qui aime se donner du bon temps. Senior n'avait aucun esprit et ne représentait certainement pas, à mes yeux, l'idée d'un homme qui se donnait du bon temps. Comment ils ont pu concevoir Junior, je ne peux l'imaginer. Il est trop petit pour être le fils de Gritty – qui est un véritable dragon – et il est trop brillant pour être le fils de Senior.

– Gènes récessifs, dit Qwilleran, il ressemble à sa grand-mère.

– Vous êtes un homme charmant, Mr. Qwilleran. J'aurais souhaité que Junior vous eût pour père.

– Vous êtes vous-même une femme charmante, Mrs. Gage.

Tous deux firent une pause pendant un moment et il se prit à souhaiter qu'elle eût trente ans de moins. Une femme pleine d'esprit, voilà ce qu'elle était ! C'était, sans doute, le résultat de toutes ces inspirations, expirations !

– Pensez-vous que Junior montre des promesses ? demanda-t-elle.

– De grandes promesses, Mrs. Gage, dit-il, avec gravité. Vous pouvez être fière de lui. Saviez-vous que le *Picayune* déclinait ?

– Bien entendu, je le savais. J'ai essayé de l'aider. Je ne sais pas ce que cet homme a fait de mon argent... A moins que...

– A moins que quoi, Mrs. Gage ?

– Pour être tout à fait franche... Voyez-vous, j'ai appris de façon détournée que Senior faisait de fréquents voyages à Minneapolis. En fait, si mon gendre avait jamais montré le moindre intérêt dans la vie, j'aurais pensé qu'il y avait une autre femme... Étant donné les circonstances, je peux seulement en conclure qu'il jouait, en dernier recours. Qu'il jouait et qu'il perdait.

— Vous êtes-vous jamais demandé si sa mort ne pouvait être un suicide ?

Elle parut stupéfaite :

— Senior n'aurait jamais eu assez d'esprit pour y penser !

Avant de partir, Qwilleran demanda :

— Vous êtes une excellente interlocutrice pour une interview, Mrs. Gage. J'espère que nous nous rencontrerons encore, peut-être pour dîner, un soir ?

— Je serais enchantée d'accepter, si l'invitation tient toujours, au printemps. Je pars pour la Floride, demain. Ce fut un plaisir de vous rencontrer, Mr. Qwilleran. Et surtout, n'oubliez pas de bien respirer !

Qwilleran était de bonne humeur, ce soir-là, en s'installant dans son fauteuil de cuir favori de la bibliothèque. Il caressa le chat qui était sur ses genoux en attendant qu'un livre tombât sur le tapis. Il avait cessé de faire des reproches à Koko. La chute des livres était devenue un jeu que Koko et Qwilleran jouaient ensemble. Le chat choisissait un titre. Qwilleran en lisait un passage à haute voix, accompagné de ronronnements, de ik, ik, ik et de Yao.

En cette occasion, Koko sélectionna *La Vie d'Henri V*. Un bon choix, pensa Qwilleran. Il feuilleta le livre pour chercher le passage qu'il aimait : l'exhortation du roi à ses troupes : *Encore un coup sur la brèche, les amis, encore un coup !*

Koko avait pris sa position d'écoute, assis bien droit et attentif sur le bureau, la queue enroulée autour de ses pattes, ses yeux bleus brillant sous le reflet de la lampe.

C'était une harangue puissante, remplie de détails pittoresques : *Mais quand l'appel guerrier résonne à nos oreilles, alors, imitez le mouvement du tigre !*

– Yao ! dit Koko.

Avec une audience aussi appréciative, Qwilleran n'hésita pas à dramatiser le texte. Le regard terrible, les sourcils froncés, il respira fort et grinça des dents. Koko ronronna bruyamment.

Elevant la voix sur le mode déclamatoire, Qwilleran débita son dernier message : *Dieu soit avec Harry, l'Angleterre et saint George !*

– YAO-O ! cria Koko, tandis que Yom Yom se sauvait de la pièce et que Mrs. Cobb arrivait en courant :

– Oh ! j'ai cru que l'on vous assassinait, Mr. Q. !

– Je faisais seulement la lecture à Koko. Il semble apprécier la voix humaine.

– C'est surtout votre voix qu'il aime. Hier soir, tout le monde disait que vous devriez fonder une troupe théâtrale.

Lorsque la gouvernante se fut retirée, un nom traversa l'esprit de Qwilleran : Harry Noyton. Il avait été en rapport avec Harry, au Pays d'En-Bas. C'était un homme d'affaires toujours en quête d'un nouveau défi ou d'une spéculation financière. Aussi absurde que pût être la proposition, Harry la rendait toujours rentable. Il habitait actuellement seul à Chicago, dans un appartement somptueux au dernier étage d'une tour qu'il avait construite.

Sous une brusque impulsion, Qwilleran composa le numéro de l'appartement de Noyton. Une voix impersonnelle répondit qu'il pouvait être joint à son hôtel de Londres.

— Quelle coïncidence, dit Qwilleran à Koko, Harry est en Angleterre !

Il consulta sa montre. Dix heures et demie. Ce devait être le milieu de la nuit à Londres. Tant mieux. Noyton l'avait souvent réveillé à des heures indues, sans jamais s'excuser.

Il composa le numéro de l'hôtel, s'attendant à ce que ce fût le Saint George, mais c'était le Claridge. Lorsque la voix de Noyton retentit, elle était aussi claire et vigoureuse qu'elle l'aurait été à midi. Son énergie était phénoménale.

— Qwill ! Comment allez-vous, cher vieux garçon ? J'ai appris que vous étiez dans le Grand Nord depuis que vous aviez quitté le *Fluxion*. Que se passe-t-il ? Je sais que vous ne dépenseriez pas d'argent en appel téléphonique s'il n'y avait pas urgence.

— Aimeriez-vous devenir propriétaire d'un journal, Harry ?

— Le *Fluxion* est-il à vendre ?

Qwilleran décrivit la situation de Pickax et ajouta :

— Ce serait un crime de laisser un vieux journal se prostituer avec des petites annonces publicitaires. Le comté a besoin d'un journal digne de ce nom et le *Picayune* fait partie de la vie de chacun. Il a reçu une publicité nationale, cette semaine et ce n'est pas fini. Si quelqu'un fait une offre supérieure à la veuve, elle n'hésitera pas.

— Bon sang ! Je vais parler à cette veuve. Je suis très fort pour discuter avec les veuves.

Qwilleran n'en doutait pas. Noyton était un self-made-man, avec un don pour attirer à la fois les femmes et l'argent, bien qu'il n'eût jamais acquis le moindre vernis. Même avec son complet trois pièces sur mesure, il réussissait à ressembler à un épouvantail à moineaux. Il avait plusieurs ex-épouses et en cherchait toujours une nouvelle.

— Je prends l'avion pour rentrer, demain, dit-il. Comment va-t-on à Pickax ? Je n'ai jamais entendu ce nom.

— Il faut prendre l'avion pour Minneapolis et changer pour un petit coucou qui vous conduira au Comté de Moose. Je regrette de ne pas connaître les horaires. Il est probable qu'il n'en existe pas.

— Je louerai un avion particulier, mais je m'arrangerai pour arriver jusqu'à vous. Personne ne me retient longtemps à terre.

— Essayez d'arriver avant que la neige ne commence à tomber.

— Entendu. Je vous téléphonerai de Minneapolis.

— Parfait. J'irai vous chercher à l'aéroport, Harry.

Avec un sentiment agréable de devoir accompli, Qwilleran commença son contrôle habituel de la maison et, ce faisant, trouva un autre livre sur le sol. Cette fois il s'agissait de *Tout est bien qui finit bien*.

— Tout n'est pas encore fini, mon petit vieux, dit-il, en enfermant les deux chats récalcitrants dans le panier d'osier.

Il avait raison. A deux heures du matin, il fut tiré de son sommeil par un appel téléphonique de Jody :

— Mr. Qwilleran, je suis inquiète, Juney n'est pas rentré.

— Peut-être est-il allé chez sa mère. L'avez-vous appelée ?

— Je n'ai pas obtenu de réponse. Pug est partie pour le Montana et Mrs. Goodwinter est probablement au Village indien. J'ai appelé Grandma Gage. Elle pensait que Juney était encore au Pays d'En-Bas. J'ai même appelé Roger, son ami de Mooseville.

— Alors mieux vaut prévenir la police. Je vais le faire moi-même. Ne vous inquiétez pas.

— Je deviens folle, Mr. Qwilleran ! J'ai envie de sortir pour le chercher moi-même.

— Vous ne pouvez faire une chose pareille, Jody, cela ne servirait à rien. Vous devriez demander à une amie de venir vous tenir compagnie. Francesca, par exemple. ?

— Je n'ose pas l'appeler si tard.

— Je vais lui téléphoner. La fille d'un policier est habituée à répondre aux cas d'urgence. Raccrochez, maintenant pour que j'appelle la police et buvez une tasse de lait chaud, Jody.

CHAPITRE SEPT

SAMEDI SEIZE NOVEMBRE. « Possibilité de rafale de neige aujourd'hui avec chute de température. Actuellement, elle est de 0° . La nuit dernière, les minima ont atteint – 15. Et maintenant les nouvelles : Un chasseur signalé manquant à été retrouvé par l'assistant du shérif, aidé par les gardes civils. Junior Goodwinter a été transporté à l'hôpital de Pickax où son état n'inspire pas d'inquiétude. Il souffre d'une jambe cassée et d'un refroidissement. »

Comme Qwilleran l'apprit plus tard du chef de la police Brodie, l'assistant shérif avait remarqué, au cours d'une patrouille de routine, le jour de l'ouverture de la chasse, la Jaguar rouge garée près d'un lieu boisé. En apprenant que Junior était porté disparu, il avait effectué une recherche autour de cet endroit en utilisant des chiens et l'aide d'un groupe de fermiers.

— Il me semble que personne ne devrait s'aventurer à la chasse sans être accompagné, dit Qwilleran à Mrs. Cobb, en prenant son petit déjeuner. C'est trop hasardeux.

— Herb chasse toujours seul, répondit-elle.

Qwilleran pensa que personne ne devait vouloir l'accompagner. Des pensées peu charitables lui venaient à l'esprit chaque fois qu'il était question d'Hackpole. A haute voix, il dit :

— S'il vous invite à dîner, ce soir, pourquoi ne lui offririez-vous pas un verre, ici, auparavant ?

— C'est très aimable à vous, Mr. Q. Nous pourrions le prendre à la cuisine. Il se sentirait plus à l'aise.

— Aimerait-il faire le tour du musée ?

— Eh bien, pour vous dire la vérité, il pense que les objets d'art ne sont que des nids à poussière, mais j'aimerais lui montrer le sous-sol.

— Vous ne m'avez jamais rien dit de son passé ? dit Qwilleran, sans ajouter que Junior lui en avait parlé.

— Il a grandi ici. Puis après son temps dans l'armée, il a travaillé sur la côte Est. Il s'est marié et a eu deux enfants. Ils sont grands maintenant et il ne sait même pas ce qu'ils sont devenus.

Voilà qui ne m'étonne pas, pensa Qwilleran.

— Il est revenu dans le Comté de Moose, parce que sa femme souffrait d'allergie, mais elle n'aimait pas la vie à la campagne et elle l'a quitté.

En réalité, elle s'était enfuie avec un livreur de bière, avait-on dit à Qwilleran.

— C'est un homme solitaire. Je le plains beaucoup.

— Vous a-t-il fait visiter la ferme ?

— Pas encore, mais je sais déjà ce que je vais faire : arracher les tapisseries et repeindre les murs en blanc.

— Aimeriez-vous avoir la grande armoire en pin ? Si elle vous plaît, ce sera mon cadeau de mariage.

— Voulez-vous dire la *shrank* allemande de Pennsylvanie ? Oh ! je serais ravie, mais êtes-vous sûr de vouloir vous en séparer ?

— Ma vie ne sera jamais plus la même sans cette armoire, je m'attends à avoir des crises d'anxiété et des périodes de dépression. Je devrais peut-être subir un traitement thérapeutique, mais je tiens à vous offrir cette *shrank*.

— Oh ! Mr. Q. vous plaisantez encore !

— Avez-vous fixé une date ?

— Samedi prochain, si vous êtes d'accord. Herb voulait seulement aller à la mairie, mais je lui ai dit que je désirais me marier ici. Susan Exbridge sera mon témoin. Accepterez-vous d'être celui d'Herb ?

Qwilleran faillit s'étrangler.

— J'en serai heureux, Mrs. Cobb, parvint-il à dire. Avez-vous une liste d'invités ? J'offre le champagne de la réception.

— C'est très aimable à vous, mais je ne crois pas qu'Herb tienne à une réception.

— Si vous changez d'idée, n'hésitez pas à me le faire savoir. Je veux que vous ayez un mariage mémorable.

— Il y a une faveur que j'aimerais vous demander, si vous le permettez. Voulez-vous faire des remontrances à Koko au sujet du jardin potager mobile ? Il le change tout le temps de place.

— Avez-vous jamais essayé de faire des remontrances à un chat à propos de n'importe quoi ? Il se met à loucher, se gratte l'oreille et continue à n'en faire qu'à sa tête.

— Je n'en aurais pas parlé, mais... dès que je roule la charrette dans un endroit ensoleillé, il la remet à l'ombre. Je l'ai pris sur le fait. Il se dresse sur ses pattes de derrière, pose ses pattes de devant sur le plateau et pousse.

Qwilleran ne put s'empêcher de sourire en se représentant Koko poussant le plateau d'herbes sur le sol carrelé du solarium, comme une voiture d'enfant. Le soleil était rare en novembre et le chat voulait profiter du moindre rayon.

— Pourquoi ne demandez-vous pas à Hackpole d'inventer une sorte de frein à poser sur les roues ? suggéra-t-il.

La sonnette retentit.

— Oh ! Mon Dieu, j'ai oublié de vous prévenir, dit Mrs. Cobb, je suppose que je suis un peu chamboulée. Hixie Rice doit s'arrêter en allant travailler. C'est probablement elle qui est là.

— Je vais lui ouvrir, dit Qwilleran.

Hixie avait garé sa petite automobile dans l'allée. Elle examinait la porte d'entrée avec son abondance de cuivres bien astiqués par Mr. O'Dell.

— Tout est tellement somptueux, Qwill ! Vous devriez avoir un valet de chambre avec un gilet rayé, dit-elle en faisant claquer ses hauts talons sur le marbre blanc de l'entrée.

« Tenez, je vous ai porté les derniers produits de notre gamme de nourriture surgelée pour chat : les délices de langouste à la sauce nantua.

Koko fit une immédiate apparition et fixa Hixie sans autre expression qu'un point d'interrogation au bout de sa queue.

– Je pense qu'il se souvient de moi, dit Hixie ; *Comment va monsieur Koko* ? ajouta-t-elle, en français.

– Ecque, Ecque, Ecque, répondit-il.

Tandis que Qwilleran faisait faire le tour du propriétaire à Hixie, Koko leur emboîta le pas comme un garde super-zélé.

– Magnifiques tapis, dit-elle en entrant au salon.

Deux grands tapis d'Aubusson ornaient le sol. Ils étaient de couleur crème avec une bordure et un médaillon central représentant des roses dans des tons pastel.

– Regardez Koko, dit Qwilleran, il évite toujours de passer sur le motif de roses.

– Les anciennes teintures rouges n'étaient-elles pas produites par des sortes d'insectes ? Il le sent peut-être.

– Après des centaines d'années ? N'essayez pas de l'expliquer, Hixie. Désirez-vous une tasse de café ?

Quand ils furent confortablement installés dans la bibliothèque, elle regarda les quatre mille volumes reliés qui garnissaient la pièce.

– Ne trouvez-vous pas qu'il est traumatisant d'hériter de tant d'argent ? Ne vous sentez-vous pas vulnérable, isolé ou coupable ?

– Non, pas du tout.

– Les gens vous manifestent-ils de l'envie, de la rancune ou de l'hostilité ?

– Vous avez de mauvaises lectures, Hixie. En fait, il est très ennuyeux d'avoir beaucoup d'argent, aussi ai-je réglé la question en constituant un trust philanthropique, dans l'espoir qu'il en sera fait bon usage.

Elle se prépara à allumer une cigarette, mais il l'en empêcha :

– Ordonnance municipale. Il est interdit de fumer dans un musée. Comment va la mère de votre ami ?

– Qui donc ?

– Vous m'avez dit que la mère de Tony avait eu une attaque et qu'il avait dû se rendre par avion à Philadelphie.

– Oh ! elle va mieux et il est de retour. Il travaille à son livre de cuisine, dit Hixie, d'un air dégagé. Je vais moi-même écrire un livre sur l'état sanitaire des toilettes des restaurants de campagne. C'est à ne pas y croire !

– Ne vous plaignez pas. Vous avez de la chance que les « commodités » soient désormais à l'intérieur. Quelles sont vos objections ?

– Eh bien, laissez-moi vous parler du café du Pôle Nord à Brrr. Il n'existe qu'un seul cabinet et pour vous y rendre il faut traverser la cuisine où trône le chef et un plongeur femelle pesant cent cinquante kilos. J'ai eu du mal à découvrir la porte entre les poubelles et le placard aux balais. Le réduit était sombre et je n'ai pu trouver l'interrupteur électrique. Le cuisiner est venu et a tiré un cordon graisseux qui pendait du plafond. La pièce était éclairée par une ampoule de quinze watts. Ensuite, le problème fut de fermer la porte. Elle était grande ouverte et apparemment coincée. En essayant de la tirer, j'ai reçu sur la tête une bouteille d'eau de Javel et une balayette. Voyez-vous, ils tenaient la porte ouverte en la bloquant par une étagère où étaient rangés les produits d'entretien. Finalement, j'ai fermé la porte et je me suis mise en quête de la cuvette. J'entendais un gargouillis en provenance de la tuyauterie à ras du sol. De temps en temps l'eau bouillonnait, ce qui m'inquiéta. Le siège de l'appareil était maintenu en place par un seul écrou et le fond de la cuvette était taché de rouille. Tout à coup, l'eau se mit à jaillir, éclaboussant tout, et j'ai préféré sortir de là en vitesse et m'arrêter dans le premier fourré, au bord de la route.

— Hixie vous exagérez toujours. Dites-moi plutôt comment était la cuisine.

— Fabuleuse, je le reconnais. Et maintenant, j'aimerais parler de quelque chose avec vous. Koko accepterait-il de cautionner notre ligne de produits surgelés pour chats ? Nous aurions un label intitulé « Le choix de Koko » et nous distribuerions des étiquettes, des autocollants disant « Mon chat aime Koko ». Qu'en pensez-vous ?

— Je ne crois pas qu'il accepte. Koko ne fait jamais rien qui ne soit de sa propre initiative.

— Il pourrait tourner des films publicitaires pour la télévision, insista-t-elle. Je viendrai la semaine prochaine avec une caméra pour faire un bout d'essai.

— J'aimerais bien voir ça, dit Qwilleran. Tout va-t-il bien au Vieux Moulin ?

— Mon patron est venu dîner, hier soir, il a dit qu'il allait signer un nouveau contrat, nous offrant de meilleures conditions.

— Félicitations.

— Il avait l'air satisfait. Il était accompagné d'une femme — qui n'était pas la sienne. Ils ont vidé deux bouteilles de notre meilleur champagne.

— J'ai appris que son divorce allait être prononcé.

— Il ne perd pas de temps. Il a parlé de faire une croisière avec cette femme et il espère qu'ils pourront partir avant la première neige.

— A quoi ressemble-t-elle ?

— Le type belle femme épanouie avec un rire sonore — celui que je ne peux pas supporter. Mr. X a un appartement dans notre complexe et je crois qu'elle s'est installée chez lui. Pourquoi tout le monde est-il tellement concerné par cette première neige ?

La neige ne tomba pas le samedi, bien qu'elle fût prédite par les bulletins successifs de la météorologie locale. Qwilleran écoutait les nouvelles de six heures dans la bibliothèque, quand Mrs. Cobb passa la tête par l'entrebâillement de la porte.

— Il est là, chuchota-t-elle, avec quelque nervosité.

Qwilleran la suivit dans la cuisine pour accueillir l'homme qui lui volait sa gouvernante. Il donna à Hackpole une poignée de main qu'il voulait sincère et franche et eut les doigts écrasés par une poigne puissante.

— On dit que nous aurons peut-être de la neige, ce soir, dit Qwilleran, employant la façon habituelle de commencer toute conversation dans le comté de Moose.

— Il ne neigera pas avant quelques jours

encore, déclara Hackpole. J'ai passé toute la journée dans les bois et je peux vous le certifier à la façon dont les queues-blanches se comportent.

— J'ai appris que vous étiez un homme des bois et j'aimerais en parler avec vous. Mais d'abord, si nous prenions un verre? Mrs. Cobb, que désirez-vous?

— Pensez-vous que je peux prendre un whisky à l'eau? demanda-t-elle timidement.

— Un coup de bière pour moi, dit Hackpole.

Il portait son costume du dimanche : veste sport en velours sur une chemise écossaise. Koko tournait autour de lui et s'aventura à renifler ses chaussures.

— Pftt! cria Hackpole en tapant du pied.

Koko ne bougea pas d'un cil.

— Qu'a donc ce chat? Est-il sourd? demanda Hackpole, avec étonnement... La plupart des chats que je connais font un bond de soixante centimètres.

— Koko considère qu'il est autorisé à sentir les chaussures des invités, répondit Qwilleran. Il sait que vous avez des chiens à la maison.

Tous trois s'installèrent autour de la table de la cuisine, importée d'un monastère espagnole.

— On dirait que vous avez besoin d'une table neuve, dit l'invité, en regardant les marques soigneusement préservées de trois siècles d'existence.

Il vida son verre, puis il porta la main à la poche-poitrine de sa veste de sport. Mrs. Cobb lui administra une petite tape affectueuse sur le bras :

— Défense de fumer, mon ami. C'est mauvais pour les vieux meubles et c'est interdit par la loi dans un musée.

Hackpole laissa ses cigarettes dans sa poche et regarda Koko avec circonspection.

— Pourquoi ce chat me fixe-t-il ainsi? demanda-t-il avec l'irritation d'un fumeur privé de son vice favori.

— Koko vous évalue, répondit Qwilleran. Les données vont être programmées dans le mini-ordinateur de son cerveau.

— Nous avions toujours des chats dans la grange, dit le visiteur. Nous leur attachions une boîte de conserve à la queue et avions ainsi une cible mouvante idéale pour tirer avec un 22 long rifle.

Il éclata de rire, mais fut le seul à le faire. Qwilleran poursuivit :

— Si vous attachiez une boîte de conserve à la queue de Koko, il resterait assis et vous regarderait entre les deux yeux jusqu'à ce que vous commenciez à avoir le vertige. Bientôt vous ressentiriez une douleur sourde dans votre épaule gauche, puis une terrible souffrance abdominale, enfin vous auriez de la difficulté à respirer et votre sang commencerait à bouillir. Savez-vous ce que l'on éprouve quand le sang bout dans les veines?

Mrs. Cobb serra la main de son invité.

— Il plaisante seulement, mon ami. Il plaisante toujours.

Elle vit Hackpole porter la main à son paquet de cigarettes.

— Non, non, il ne faut pas!

Il jeta le paquet sur la table d'un air dépité.

— On me dit que vous êtes habile avec un fusil de chasse, dit Qwilleran sur un ton aimable.

— Ouais, je suis un assez bon tireur. J'ai chassé des élans, des cerfs, des grizzlis, n'importe quoi. Il y a plusieurs races d'élans, toutefois, je préfère les queues-blanches. J'ai plusieurs têtes d'élans montées en trophée, mais le forkhorne donne la meilleure viande. C'est ce que j'ai rapporté, hier. J'ai toujours mon élan à l'ouverture de la chasse.

Je parie qu'il fait du braconnage le reste de l'année, pensa Qwilleran.

Avec un accent de fierté, Mrs. Cobb précisa :

— Herb pratique la chasse à l'affût.

— Ouais, mais je parie que vous ne savez pas ce que c'est ?

Qwilleran dut reconnaître son ignorance.

— Un chasseur à l'affût ne s'assied pas derrière un buisson pour attendre qu'un gibier se présente. Il tourne lentement sur lui-même et avance à pas de loup. Quand il voit sa proie, il la met en joue et attend pour avoir le meilleur angle de tir. Il faut avancer avec la légèreté d'une gazelle et ne pas faire plus de bruit qu'elle. Il ne faut pas utiliser de briquet, ni de fermeture à glissière. Il faut avoir de bons yeux et un coup de fusil sûr. La chasse à l'affût apporte beaucoup de satisfaction.

— Je suis très impressionné, dit Qwilleran, en servant une autre bière à son invité. J'ai aussi cru comprendre que vous étiez parmi les volontaires pour la brigade des sapeurs-pompiers.

— Je vais abandonner, dit Hackpole d'un

air mécontent. Des tas de femmes se sont portées volontaires. Je ne vois pas d'objection à ce qu'elles s'occupent de la cantine, quand l'incendie dure toute la nuit, mais conduire un camion ou se trouver sur les lieux du sinistre n'est pas leur affaire.

La futur épouse ajouta :

— Je suis contente qu'il abandonne. C'est terriblement dangereux.

— Ouais. D'abord, il y a la fumée. Parfois, vous essayez d'éteindre un incendie et le toit vous tombe sur la tête. Un jour, j'ai vu un tuyau échapper au contrôle d'un pompier et tomber sur les hommes qui eurent le crâne brisé. Vous ne pouvez imaginer la puissance de l'eau à travers les tuyaux. Il y a beaucoup de dangers que les gens ignorent.

— Je me suis toujours demandé pourquoi les pompiers avaient toujours des haches avec eux.

— Il faut souvent libérer le feu, afin que la fumée et la chaleur sortent et nous permettent d'entrer dans les bâtiments pour éteindre le foyer de l'incendie.

— Avez-vous une idée sur ce qui a pu provoquer l'incendie du *Picayune* ?

— Il a commencé au sous-sol. C'est tout ce que je sais. Mon atelier a pratiqué quelques réparations sur ces vieilles presses. Il y avait une bouteille de dissolvant pour nettoyer l'encre ainsi que des tas de chiffons et de vieux papiers. Triste affaire ! De plus, l'escalier a servi d'appel d'air et a attisé le feu et permis à l'incendie de gagner le toit.

— Eh bien, mon ami, dit Mrs. Cobb, nous

devrions partir, mais d'abord, j'aimerais vous montrer le pub, au sous-sol.

Le propriétaire de la maison avait importé un pub anglais de Londres au début du siècle, avec le bar, les tables, les chaises et même les lambris. C'était là une pièce que Hackpole pouvait apprécier.

— Hé ! Vous devriez vous procurer une licence de boissons et ouvrir une taverne, dit-il.

En reprenant l'ascenseur pour regagner le rez-de-chaussée, Qwilleran demanda où ils allaient dîner.

— Chez Otto Pasty. Un seul prix, mais vous pouvez choisir tout ce que vous voulez, dit Hackpole. Où sont mes cigarettes ?

— Vous les avez laissées sur la table de la cuisine, dit Mrs. Cobb.

— Je ne les vois pas, dit-il.

— Avez-vous regardé dans vos poches ?

— Oh ! peu importe, j'en ai un autre paquet dans le compartiment à gants de la voiture.

Qwilleran tendit la main :

— Je suis heureux que nous ayons, enfin, pu nous rencontrer et laissez-moi vous féliciter pour avoir trouvé une merveilleuse...

Il fut interrompu par un bruit fracassant venant de l'arrière de la maison. Mrs. Cobb et Qwilleran se précipitèrent vers le solarium, suivis, plus lentement, par leur visiteur. La pièce était dans l'obscurité, mais une forme pâle et fantomatique sortit au moment où ils entraient.

Lorsque la lumière fut donnée, la catastrophe apparut. Au milieu de la pièce se trouvait le jardin mobile retourné et tout autour les pots brisés avec la terre répandue dans toutes les directions. Des herbes avaient été arrachées de leurs pots et le sol était jonché de terre et de racines.

— Oh ! Mon Dieu ! Mon Dieu ! se lamenta Mrs. Cobb avec un air consterné.

— C'est notre fantôme permanent, expliqua Qwilleran à Hackpole. Mrs. Cobb vous a-t-elle raconté que nous avions un fantôme ?

Avec noblesse, elle capitula :

— Toutes les vieilles maisons ont leur fantôme.

Mais elle ne pouvait maîtriser le tremblement de sa voix et cherchait du coin de l'œil le chat coupable.

— Nous remplacerons tout cela, dit Qwilleran, sur un ton rassurant. Ne vous inquiétez pas. Allez dîner tous les deux. Je m'occupe de tout. Passez une bonne soirée.

Dès que le couple fut parti, il chercha les siamois. Comme il s'y attendait, ils étaient dans la bibliothèque, l'air innocents et satisfaits. Qwilleran buta sur quelque chose et trouva une cigarette sous le tapis Boukhara. C'était la contribution de Yom Yom à la soirée. Koko avait posé son menton sur sa patte et s'appuyait sur un livre relié en peau de porc. Il leva la tête et tourna ses yeux brillants vers Qwilleran avec un air d'expectative.

— Je ne vais pas te faire la lecture, ce soir. Tu ne le mérites pas, dit Qwilleran d'un ton mesuré, mais ferme. C'est très méchant d'avoir agi ainsi. Tu sais très bien combien Mrs. Cobb tenait à ce jardin potager et notre cuisine est meilleure grâce aux herbes qu'elle fait pousser. Aussi n'attends pas mon soutien. Reste couché là, médite sur tes péchés et essaie d'être plus gentil, à l'avenir. Je vais dîner dehors.

Il prit le livre choisi par Koko. C'était *Hamlet*. Avant de le remettre à sa place sur l'étagère, il le renifla. Qwilleran possédait un bon sens de l'odorat, mais tout ce qu'il put détecter, ce fut une odeur de vieux livres. Il sentit *Macbeth* et les autres titres que Koko avait délogés. Tous sentaient le vieux livre. Puis il compara avec l'odeur des livres que Koko avait paru ignorer jusqu'ici : *Othello*, *Comme il vous plaira*, *Antoine et Cléopâtre*. Il dut reconnaître que tous avaient exactement la même odeur, celle de vieux livres. Perplexe, il sortit pour aller dîner.

CHAPITRE HUIT

DIMANCHE DIX-SEPT NOVEMBRE. « Neige légère se transformant peu à peu en grésil », prédit la météo. En fait, le soleil brillait et Qwilleran eut envie de faire une longue promenade.

En prenant son petit déjeuner, il s'excusa auprès de sa gouvernante :

— Je suis vraiment désolé au sujet du jardin potager, Mrs. Cobb. Un des pots que Koko a cassés contenait de la menthe qui ressemble à l'herbe à chat. Pourquoi a-t-il déterré les autres est un mystère. Nous les remplacerons.

— Ce ne sera pas facile. Quatre plantes provenaient de graines semées dans la serre d'Herb. Les autres étaient des plantes que l'on ne trouve pas à cette époque de l'année.

— Il était inutile de le gronder. À moins de prendre un chat sur le fait, il ne relie pas la réprimande au délit. C'est du moins ce que prétend Lori Bamba et elle connaît bien les chats. C'est sans doute Yom Yom qui a volé le paquet de cigarettes. J'en ai retrouvé une sous le tapis et une autre derrière le siège du fauteuil.

— J'ai trouvé le paquet vide sous une carpette en haut de l'escalier.

— Je crains que votre soirée n'ait bien mal commencé. J'espère que votre dîner a été plus satisfaisant.

Mrs. Cobb pinça les lèvres avant de reconnaître :

— Eh bien, nous avons eu une petite discussion. Lorsqu'il a appris que la fumée de cigarette était nuisible pour les vieux meubles, il a dit que je n'en aurais jamais pour meubler la ferme. C'est un fumeur invétéré.

— Ne pourriez-vous acheter des reproductions ?

— Je déteste les copies, Mr. Q. J'ai vécu trop longtemps au milieu d'originaux.

— Il faudra bien trouver un compromis.

— Je ne vois pas de bons compromis, dit-elle, d'une voix un peu crispée. Il n'a qu'à abandonner cette détestable habitude. On n'a jamais vu de médecin lancer de campagne contre les antiquités.

Qwilleran hocha la tête avec sympathie, puis il s'excusa en disant qu'il allait acheter le *Fluxion* du dimanche.

Il s'éloigna d'un pas léger pour deux raisons. D'une part, il sentait une fissure entre Mrs. Cobb et Hackpole qui pourrait bien faire reculer le mariage. D'autre part, il avait reçu une invitation de Polly Duncan.

— Jeudi est mon jour de congé, avait-elle dit, pourquoi ne viendriez-vous pas jusqu'à mon cottage ? Je vous préparerais un rôti et un pudding du Yorkshire. Venez avant la tombée de la nuit, car la maison est plus facile à trouver en plein jour.

Il marcha d'un pas vif. Le périphérique de Pickax comptait six kilomètres. Chemin faisant, il rencontra le chef pompier qui allait acheter le *Fluxion* au drugstore.

— Où est donc cette neige dont s'enorgueillit le Comté de Moose ? demanda Qwilleran.

— On ne peut le dire, mais ce temps me convient.

— Expliquez-moi quelque chose, Scottie. Pickax a une façon étrange de baptiser ses rues. Rien n'a le moindre bon sens.

— Les noms ont été instaurés par deux mineurs et un bûcheron, un jour de paie, du moins, le raconte-t-on.

— Comment les voitures de pompiers trouvent-elles la bonne adresse ? La ville est bordée au sud par South Street, ce qui est logique, mais elle est bordée au nord par East Street et à l'ouest par North Street. Le terrain de football se trouve ainsi à l'angle de South-North Street et de East-West Street ! Il y a de quoi y perdre son latin.

— Ne cherchez pas de logique ici, mon garçon, dit Scottie avec philosophie.

— Le marshall est-il venu faire une enquête sur l'incendie du *Picayune ?*

— Nous n'avons pas eu à l'appeler. À moins de suspecter un incendie criminel. Il n'y a pas eu de victime et, d'après nos constatations, l'incendie a été provoqué par la combustion accidentelle de chiffons et de dissolvant dans la salle de presse.

— Comment pouvez-vous déterminer la façon dont éclate un incendie ?

— Avez-vous l'intention d'en provoquer un ?

— Pas dans un avenir immédiat.

— Si vous le faites, évitez de laisser un bidon d'essence sur les lieux et ne jetez pas une allumette trop tôt. Vous pourriez être victime de l'explosion.

— Pouvez-vous déterminer si un incendie a commencé par une explosion ?

— Une porte qui sort de ses gonds est un indice. Des murs très calcinés également.

Qwilleran termina sa promenade par une tasse de café à l'auberge de North Street.

Dans l'après-midi, alors qu'il lisait le *Fluxion* et relevait les erreurs typographiques, la sonnette retentit et quand il alla ouvrir la porte, il vit un vieux visage encadré par un capuchon de parka.

— Bonjour, dit le visiteur, d'une voix gaie et haut perchée. Auriez-vous des trous de souris à boucher ?

— Je vous demande pardon ?

— Des trous de souris. Je suis un spécialiste pour les boucher.

Qwilleran fut intrigué. Les ouvriers se présentaient toujours par l'entrée de service, jamais le dimanche et, d'habitude, ils étaient beaucoup plus jeunes.

— Je fais ma tournée habituelle, dit le vieil homme. C'est une belle journée pour se promener. Je suis Homer Tibbitt, du Club des vétérans.

— Mais bien sûr ! Je ne vous avais pas reconnu avec ce parka. Entrez.

— J'ai vu votre chat parader avec une souris dans la gueule à la réception et j'ai pensé que vous aviez des trous de souris à obturer. Je le ferai gratuitement.

— Laissez-moi vous débarrasser de votre manteau et nous nous assiérons pour en discuter. Aimeriez-vous une tasse de café ?

— J'en prendrai s'il est décaféiné et cela ne fera de mal à personne si on y ajoute une goutte de cognac.

Ils entrèrent dans la bibliothèque, Mr. Tibbitt de sa démarche désordonnée, ses bras et ses jambes se détendant sans coordination. Le feu était allumé dans la cheminée et le vieil homme s'assit en présentant son dos à la chaleur.

— J'ai l'habitude des vieilles belles demeures comme celle-ci. J'ai été conservateur bénévole du Musée Lockmaster dans le Comté d'En-Bas. En avez-vous entendu parler ?

— Je ne crois pas, mais je suis ici depuis peu de temps.

— C'était la résidence d'un constructeur de bateaux, la maison avait une structure en bois, comme la carène d'un navire. J'ai bouché cinquante-sept trous de souris. Dans une maison en pierre, comme celle-ci, les souris doivent être plus astucieuses, mais nous avons des souris malignes à Pickax.

— Comment avez-vous échoué ici, dans la Ceinture de Neige, Mr. Tibbitt ?

— J'y suis né et la vieille maison familiale était vide. Il y a une autre raison, aussi. Un professeur d'anglais en retraite à Lockmaster me pourchassait. Les proviseurs en retraite ont beaucoup de succès auprès de ces dames. J'étais proviseur au collège de Pickax quand j'ai pris ma retraite. J'ai quatre-vingt-treize ans. J'ai commencé ma carrière d'enseignant il y a soixante-dix ans.

— Vous auriez dû ramener votre professeur d'anglais à Pickax, dit Qwilleran, je n'ai jamais entendu les verbes et les pronoms massacrés de la sorte.

L'ancien proviseur eut un geste d'impuissance :

— Nous avons toujours fait de notre mieux, mais il existe un dicton ici : les gens de la campagne sont différents et ceux du comté de Moose sont les plus différents de tous.

En dépit de ses articulations déficientes, le vieil homme débordait d'énergie et Qwilleran remarqua :

— La retraite semble vous convenir, Mr. Tibbitt.

— Trouver une occupation, voilà le secret, et maintenant si vous voulez que je fasse le tour de la maison pour avoir une idée sur la situation des trous de souris...

Qwilleran hésita :

— Nous avons un homme à demeure...

— Je connais Pat O'Dell depuis qu'il est entré à l'école primaire. C'est un brave garçon, mais il ne connaît rien aux souris.

— Avant de lancer une campagne contre la *mus musculus*, Mr. Tibbitt, j'aimerais enregistrer certains de vos souvenirs pour le programme d'histoires orales que nous préparons, si vous y consentez, naturellement.

— Ouvrez votre machine, jeune homme, et posez-moi des questions. Servez-moi seulement une autre tasse de café avec une goutte de cognac ou deux, mais assurez-vous que le café soit décaféiné.

L'interview suivante avec Homer Tibbitt fut plus tard retranscrite :

Question : Que pouvez-vous nous dire sur les premières écoles du Comté de Moose?

Pour en venir à l'époque où ma mère était institutrice, les écoles étaient construites en bois. Il n'y avait qu'une salle de classe avec des tables le long des murs, des bancs en bois, sans dossier, et un gros poêle rond au milieu de la pièce. Ma mère faisait la classe dans une école où la neige soufflait à travers les lézardes des murs et où il y avait des traces de lapins dans la neige, dehors.

— *Que demandait-on à une institutrice, en ce temps-là?*

— Ma mère parcourait quatre kilomètres à pied pour arriver à l'école assez tôt afin de balayer la salle et d'allumer le poêle. Elle dirigeait huit classes dans une même pièce. Lire, écrire, compter, naturellement, mais elle enseignait aussi l'histoire, la géographie, la grammaire, l'orthographe. Elle organisait des jeux, sans parler des programmes spéciaux. Elle faisait des cours de morale sur les méfaits de la boisson, du tabac et des corsets trop serrés.

— *Faisait-on du sport? Pratiquait-on des compétitions?*

— Il y avait des jeux organisés pendant les récréations et il existait des rivalités entre écoles, mais c'était plutôt des concours d'orthographe que des matches de football.

Les conditions s'étaient-elles améliorées lorsque vous avez commencé à professer?

— Nous n'avions toujours qu'une seule salle de classe, mais l'école était mieux construite et nous avions des livres de textes. Nous n'avions toujours pas de toilettes à l'intérieur. Puis-je vous demander une autre tasse de café, j'ai la gorge sèche.

Connaissiez-vous l'un des Goodwinter qui s'occupait du journal?

J'ai pris ma retraite avant la naissance de Junior, mais j'ai eu son père comme élève. J'ai grandi avec Titus et son frère et j'ai connu leur père. A onze ans, je travaillais comme aide-typographe, après l'école. Ephraïm Goodwinter avait gagné beaucoup d'argent dans les mines, mais il était avare. Avez-vous entendu parler de l'explosion qui a tué trente-deux hommes? Les ingénieurs avaient prévenu Ephraïm, mais il refusait de prendre des mesures de protection. Après l'accident, il a essayé de se racheter aux yeux de la population en faisant don d'une bibliothèque à la ville.

Est-il vrai qu'il se soit pendu?

Oh! C'est l'un des vilains petits secrets du Comté de Moose. La famille prétendit que c'était un suicide et le coroner a confirmé ce verdict, mais tout le monde savait qu'il avait été lynché et tout le monde savait qui avait participé au lynchage. La ville entière assista à ses funérailles. On voulait s'assurer qu'il ne reviendrait pas, prétendait-on.

Qu'arrivera-t-il à Titus et à Samson?

On raconte une histoire incroyable selon laquelle le cheval de Samson aurait été effrayé par un vol d'étourneaux, le désarçonnant et provoquant ainsi sa mort dans sa chute. Quant à Titus, il a été assassiné par le cocher du *Picayune*. Il est mort avec son chapeau melon sur la tête.

Qui était le cocher?

Zack Whittlestaff. Il y a de nombreux noms curieux dans le comté : Cuttlebring, Digleberry, Fitzbottom, des noms presque élisabéthains. J'ai même eu un Falstaff dans une de mes classes et un Scroop, sortis tout droit de Shakespeare.

Diriez-vous qu'il y avait une vendetta contre les Goodwinter?

Eh bien les familles des victimes de l'explosion détestaient Ephraïm, vous pouvez en être sûr. C'était une brute, pas de doute. Zack était une brute, lui aussi. Mauvais élève, également. Il épousa une des filles Scroop. J'ai eu leurs deux enfants dans ma classe. La fille eut des ennuis et se noya. Pour expliquer son suicide, elle laissa une lettre adressée à son chat. Probablement le seul être vivant qui ait aimé la pauvre fille.

Fin de l'interview.

L'enregistrement fut interrompu par un appel téléphonique de Minneapolis. Harry Noyton était en route. Son avion privé arriverait à Pickax à cinq heures trente :

— Comment est le temps là-haut?

— Pas de neige, mais il fait froid. J'espère que vous avez des vêtements chauds.

— Bon sang! Je ne possède pas de vêtements chauds. Je prends un taxi chauffé quand je vais quelque part.

— Il n'existe pas de taxi dans le Comté de Moose. Vous devrez vous acheter des caleçons longs et des casquettes à oreilles. Je vous attendrai à l'heure dite.

Il avait largement assez de temps pour aller à l'aéroport. La route traversait une région où circulaient les élans. Au crépuscule, ils étaient en quête de nourriture. Les chasseurs hantaient les bois depuis trois jours, contribuant à les faire circuler et à les rendre nerveux. Qwilleran conduisit avec prudence.

En attendant l'avion, il échangea quelques mots avec Charlie :

— Pensez-vous que nous aurons de la neige cet hiver?

— Elle est en retard mais, quand elle arrivera, ce sera une belle tempête.

— J'ai appris que vous aviez perdu un de vos passagers réguliers.

— Qui donc?

— Senior Goodwinter.

— Ouais. Dommage. C'était un brave type. Il s'est tué au travail. La plupart des gens d'ici vont en Floride ou à Las Vegas, mais lui n'allait jamais plus loin que Minneapolis pour affaires. Il rentrait toujours le jour même. C'est pour ça que je dis qu'il s'est tué au travail. Je suppose qu'il s'est endormi à son volant.

Lorsque Noyton descendit de l'avion, il portait un pardessus léger et tenait à la main une valise juste assez grande pour contenir son rasoir, sa brosse à dents et une chemise de rechange. C'était son genre. Il se flattait de pouvoir faire le tour du monde avec une brosse à dents et une carte de crédit.

— Qwill ! Vieux salopard, vous ressemblez à un fermier avec ces bottes et ce chapeau.

— Et vous avez l'air d'un visiteur de

l'espace. Vous allez faire peur aux autochtones avec votre costume trois pièces. La première chose que nous ferons demain matin sera d'aller chez Scottie pour vous procurer un camouflage adéquat. Bouclez votre ceinture, Harry, ajouta-t-il, en mettant la voiture en marche.

— Bon sang! Je n'ai jamais attaché de ceinture, sauf en avion.

— Il y a dix mille élans dans le Comté de Moose, Harry. C'est la saison du rut et à cette heure du soir, les mâles chassent les femelles à travers la grande route. Si nous heurtons un élan, vous passerez à travers le pare-brise. Alors, bouclez votre ceinture.

— Seigneur! Les chances de survie sont meilleures à l'aéroport de Beyrouth!

— L'hiver dernier un mâle a poursuivi une femelle dans la grande rue de Pickax et ils sont entrés tous les deux dans la vitrine d'un marchand de meubles pour atterrir fort opportunément dans un lit.

Noyton boucla sa ceinture et regarda la route avec anxiété pendant tout le trajet, tandis que Qwilleran surveillait les champs et les bosquets en quête du moindre mouvement.

— Si nous rencontrons un mâle, Harry, voulez-vous que je le prenne de face, au risque de voir ses bois traverser le pare-brise ou bien, dois-je essayer de l'éviter et courir le risque de nous retourner dans le fossé?

— Seigneur! Ai-je le choix? dit Noyton en s'accrochant des deux mains à son siège. Mais que suis-je venu faire dans cette galère?

Quand ils arrivèrent dans les faubourgs de Pickax, Qwilleran reprit :

— Voici le programme : Demain je vous présenterai au maire et aux gens qui s'occupent du développement économique de la région. Ils vous mettront en contact avec la veuve. Et c'est une veuve joyeuse. Ce soir, je vous invite à dîner au Vieux Moulin, ensuite il y a un appartement qui vous attend dans le palais dont j'ai hérité. Vous aurez le choix entre la suite Vieille Angleterre, avec lit à baldaquin, ou la suite Biedermeier avec des fleurs peintes partout ou la suite Empire avec assez de sphinx et de griffons pour vous donner des cauchemars.

— Pour vous dire la vérité, Qwill, je serais beaucoup plus à mon aise à l'hôtel. J'aurais aussi davantage de liberté de mouvement. De plus, j'ai pris un repas avant de quitter Minneapolis et j'aimerais mieux me coucher tout de suite, si vous n'y voyez pas d'objection.

— Aucune. Le nouvel hôtel de Pickax est situé au centre de la ville, près de la mairie.

— Ah ! ils ont construit un nouvel hôtel, dit Noyton, sur un ton approbatif.

— Le nouvel hôtel de Pickax a été bâti en 1935, après l'incendie qui avait détruit l'ancien hôtel. Il y a un poste de télévision en couleurs au salon, des tuyauteries apparentes et des verrous sur les portes.

Il déposa Noyton devant l'entrée de l'hôtel :

— Appelez-moi demain matin, quand vous serez reposé et je viendrai vous chercher pour le petit déjeuner. Je veux avoir une conversation privée avec vous avant de vous conduire chez le maire.

A la fin de la journée, Qwilleran et ses deux

amis se reposaient dans la bibliothèque avant de se retirer pour la nuit. Yom Yom était assise sur ses genoux avec le dos complaisamment tendu pour être caressé et Koko était assis, très droit et en alerte, sur le bureau, attendant la conversation.

Qwilleran commença sur un ton conciliant :

— Je ne sais que te dire, Koko, d'habitude, tu n'agis pas sans raison. Pourquoi as-tu saccagé ce jardin potager ?

Le chat ferma les yeux et fit entendre un bruit étouffé sans ouvrir la bouche.

— Il ne sert à rien d'avoir l'air contrit. Le mal est fait. Si tu essaies de nous aliéner l'affection de notre merveilleuse gouvernante, cette attitude te retombera sur le nez. Tu ne feras plus d'aussi bons repas lorsqu'elle sera mariée et vivra ailleurs.

Koko sauta de la table sur l'étagère et se mit à gratter les livres.

— Pas de lecture ce soir, j'ai eu une rude journée, mais nous allons écouter l'enregistrement de Mr. Tibbitt pour voir ce qu'il donne.

La cassette enregistreuse rendait la voix haut perchée du vieil homme encore plus nasillarde. Koko secoua la tête et se gratta les oreilles avec une de ses pattes de derrière.

On entendit la sonnerie du téléphone et l'enregistrement prit fin. Qwilleran caressa pensivement sa moustache.

— Ephraïm a été lynché, dit-il, à haute voix. Titus a été poignardé. L'autre frère, Samson, a probablement été victime d'une embuscade, et Senior a été... quoi donc ? Sa mort était-elle un accident ? Ou était-ce un suicide... ou bien a-t-il été assassiné ?

– Yao ! dit Koko.

Et Qwilleran sentit un frémissement significatif à la racine de ses moustaches.

CHAPITRE NEUF

LUNDI DIX-HUIT NOVEMBRE. « Une baisse inattendue de la température a fait tomber le thermomètre à – 5, la nuit dernière à Pickax, avec un minimum de – 10 à Brrr, mais une remontée de la température est attendue en fin d'après-midi, avec l'apparition des premiers flocons de neige. »

Qwilleran tourna le bouton de la radio de sa voiture d'un geste impatient. Il se dirigeait vers le nouvel hôtel de Pickax, avec la limousine dont il avait héritée, dans l'espoir d'impressionner le visiteur du Pays d'En-Bas.

Lorsque Noyton vit le long véhicule noir, il dit :

— Jésus ! Qwill, vous avez vraiment réussi. Que vous est-il arrivé ? Avez-vous épousé une héritière de puits de pétrole ? Personne ne m'a expliqué pourquoi vous aviez quitté le *Fluxion*. Je croyais que vous aviez pris un congé pour écrire un livre.

— C'est une longue histoire, répondit Qwilleran. Mais d'abord, je vais vous conduire dans la demeure où je vis et vous offrir un des mémorables petits déjeuners dont s'enorgueillit ma gouvernante.

— En plus de cette somptueuse limousine, vous avez une gouvernante! Mazette, vous ne vous refusez rien. Je me souviens que vous viviez dans une chambre meublée et que vous circuliez en autobus.

— En fait, je me suis installé au-dessus du garage et j'ai transformé la maison en musée.

Noyton pénétra dans la Résidence K et ne put cacher son étonnement :

— Je connais des rois en Europe qui ne vivent pas aussi bien. Mais je voudrais savoir quelque chose : pourquoi suis-je là? Pour quelle raison ne financez-vous pas vous-même l'opération?

C'était une question que Qwilleran était fatigué d'entendre.

— Je suis un écrivain, Harry, pas un homme d'affaires.

Il raconta l'histoire du *Picayune* et insista sur le besoin du pays d'avoir un journal.

— Qui va le diriger? fut la première question.

— Arch Riker vient de quitter le *Fluxion*. C'est un excellent journaliste. Il connaît tous les aspects du métier. Junior Goodwinter est le dernier d'une longue lignée. Il a été reçu brillamment à ses examens et il déborde d'énergie et d'enthousiasme.

— Ça me paraît un bon point de départ. Et la veuve?

— Gritty Goodwinter est une femme dynamique.

— Elle me plaît déjà.

— Elle veut vendre le journal à un ami personnel, mais celui-ci compte seulement exploiter le nom à des fins publicitaires. Naturellement vous pouvez abandonner le nom de *Picayune* et appeler le journal « La Gazette du nord » ou « La Vigie de Moose », mais le *Picayune* a reçu près d'un million de dollars de publicité la semaine dernière et va en recevoir encore davantage dans des magazines nationaux.

— Je vois le topo. Nous allons enlever le journal à ces salopards.

— Mrs. Goodwinter a une grange remplie de presses anciennes que vous pourriez avoir pour une bouchée de pain. Vous pourriez instaurer un musée de la presse.

— Cette idée me convient ! s'exclama Noyton. Comment diable avez-vous pensé à moi ?

Qwilleran hésita. Ils prenaient le petit déjeuner et Koko se tenait sous la table, espérant quelques morceaux de bacon grillé.

— Eh bien, je crois que votre nom m'a seulement traversé l'esprit.

Comment pourrait-il expliquer à un homme comme Noyton que le chat avait attiré son attention sur un certain livre ? Personne ne le croirait.

Après le petit déjeuner, les deux hommes rendirent visite à la boutique de Scottie. Le propriétaire roula les « r » et vendit à Noyton une veste doublée de fourrure, un chapeau tyrolien et des bottes fourrées. Tout le reste de la journée, la haute silhouette de Noyton fut visible dans tout Pickax. On le vit sortir de l'hôtel, aller à la mairie, circuler en compagnie du maire, déjeuner avec des hommes d'affaires importants du Country Club, sortir de l'étude d'un notaire, se rendre à la banque, dîner avec la veuve Goodwinter en compagnie de laquelle il dévora une entrecôte d'une livre et des pommes de terre rissolées.

En ville, on racontait qu'il s'agissait d'un prospecteur de pétrole du Texas qui allait enrichir les fermiers de la région. Ou bien qu'il était un spéculateur décidé à promouvoir le comté sur le plan touristique. Ou encore qu'il était l'envoyé spécial d'une société pour l'installation d'une station nucléaire qui menacerait le pays de ses radiations et qui polluerait l'eau du lac. Ou enfin qu'il était envoyé par Hollywood pour tourner un film sur le Comté de Moose.

Ces rumeurs furent rapportées à Qwilleran par Mrs. Cobb qui les tenait de Mr. O'Dell.

Entre-temps, Qwilleran rendit une visite à l'hôpital pour voir le journaliste connu pour son énergie et son enthousiasme. Junior était assis dans un fauteuil, la jambe dans une gouttière. Il n'était pas rasé et son expression était hagarde. Jody s'efforçait de lui remonter le moral, mais Junior restait morose.

— Jeune idiot, lui dit Qwilleran, si vous deviez vous casser une jambe, pourquoi n'avez-vous pas trouvé un endroit plus confortable ?

— Il a pris froid, dit Jody, mais heureusement il n'a pas de pneumonie. Il veut rester à l'hôpital et se laisser pousser la barbe.

— Je n'ai nulle part où aller, soupira Junior. La ferme est vendue, les meubles vont être dispersés. Je ne peux pas rester chez Jody, elle n'a qu'un studio.

— Nous avons des lits à la Résidence K et nous sommes heureux de les mettre à votre disposition, dit Qwilleran.

— Oh ! Qwill, je ne sais vraiment pas ce que je vais devenir !

— Eh bien, cessez de prendre cet air sombre et de vous apitoyer sur vous-même. J'ai de bonnes nouvelles. Une de mes relations du Pays d'En-Bas veut racheter le journal. Il est prêt à offrir à votre mère trois fois le prix proposé par les Entreprises XYZ et il mettra le paquet pour installer de nouvelles imprimantes.

— Est-il fou ? demanda Junior.

— Fou et riche à millions. Il possède des immeubles, des hôtels, des clubs, une chaîne de restaurants et deux brasseries aux Etats-Unis et à l'étranger. L'idée de posséder un journal le séduit. Il pourrait même lui adjoindre un magazine, plus tard.

— Je ne vous crois pas. C'est une hallucination !

— Oh ! Juney, c'est fabuleux ! s'écria Jody.

— Noyton est à Pickax en ce moment. Les édiles sont prévenus. Le programme est de donner la direction à Arch Riker. Quant à vous, vous aurez le poste de rédacteur en chef d'un véritable journal. Je connais quelques jeunes journalistes du Pays d'En-Bas qui sont déçus par la grande ville et qui aimeraient s'installer ici avec leur famille. Ils gagneraient sans doute moins d'argent, mais la vie est moins chère ici. Qui sait, nous déciderons peut-être Noyton à financer l'installation d'un aérodrome convenable et à affréter une compagnie d'aviation ? Il faudra modérer son enthousiasme, cependant, ou bien il serait capable de faire construire un hôtel de cinquante étages au milieu d'un champ de blé.

Junior était sans parole.

— Oh! Juncy, dis quelque chose! chuchota Jody.

— Etes-vous certain que cela va se faire?

— Noyton ne renonce jamais à un projet.

— Mais, ma mère a... d'étroites relations avec Exbridge...

— D'étroites relations? Elle a une liaison avec lui et tout le monde le sait, mais si elle est aussi intéressée qu'il le semble, elle oubliera XYZ pour un plus gros poisson. Noyton ne va pas seulement faire résonner ses espèces sonnantes et trébuchantes, il va aussi faire du charme. Il plaît aux femmes.

— Est-il marié? demanda Jody.

— Pas pour le moment, mais il est trop vieux pour vous, Jody.

Elle éclata de rire.

— Il voudrait aussi acheter les vieilles presses qui sont dans la grange pour créer un musée. Voilà qui aurait fait plaisir à votre père, Junior!

— Oh! c'est trop beau pour être vrai!

— Jody, dit Qwilleran, voulez-vous aller chercher quelques beignets à la cafétéria?

Il lui tendit un billet et attendit qu'elle soit sortie.

— Avant qu'elle ne revienne, Junior, répondez-moi à quelques questions. Pensez-vous que l'accident de votre père ait pu être un suicide?

Junior ouvrit de grands yeux :

— Jamais il n'aurait fait une chose pareille.

— Réfléchissez, il avait de bonnes raisons de se sentir acculé : il avait mis la famille en état de faillite, votre mère avait une liaison et il pouvait y avoir encore un autre mobile.

— Que voulez-vous dire ?

— Souvenez-vous de cet étranger vêtu d'un imperméable noir qui est arrivé dans le même avion que nous. Vous pensiez qu'il pouvait être commis voyageur. Je pense que c'était un enquêteur. Si votre père était mêlé à une affaire louche, il savait peut-être que cet homme allait venir.

— Papa n'aurait jamais rien fait d'illégal, protesta Junior. Il n'avait pas cette tournure d'esprit.

— Question suivante : la mort de votre père pourrait-elle être un meurtre ?

— Que dites-vous ? s'écria Junior, en pâlissant. Pourquoi... qui aurait pu... ?

— Passons. Qu'y avait-il dans ce coffret en métal que vous avez essayé de sauver de l'incendie ?

— Je l'ignore. Papa était très secret à ce sujet, mais je savais que c'était important pour lui.

— J'entends Jody... répondez-moi encore à une question : pourquoi votre père faisait-il de fréquents voyages à Minneapolis ?

— Il ne me l'a jamais dit, dit Junior, en rougissant, mais je savais qu'il ne s'entendait pas avec ma mère.

Jody revint de la cafétéria.

— Il ne restait pas de beignets. J'ai pris des brioches.

— Elles sentent le caoutchouc brûlé, dit Junior, après y avoir goûté. Comment s'est passée la réunion pour l'inauguration du musée ?

— Tout le monde est venu. J'ai commencé à interviewer des vétérans et à transcrire des histoires orales. Avez-vous des suggestions ? J'ai déjà des enregistrements de votre grand-mère et d'Homer Tibbitt.

— Mrs. Woolsmith, dit Jody, de sa petite voix, elle a de la personnalité.

Junior gratta sa barbe naissante :

— Vous devriez rencontrer quelqu'un qui se souvienne des mines ; des premiers fermiers et de l'industrie de la pêche.

— Mrs. Woolsmith vivait dans une ferme, dit Jody, sans élever la voix.

— J'ai besoin d'un sujet qui ait une mémoire fidèle, dit Qwilleran.

— Vous devriez vous adresser aux vétérans, dit Junior, mais il vous faudra les interroger et les empêcher de vous parler de leur tension artérielle, de leur dentier et de leurs arrière-petits-enfants.

— Mrs. Woolsmith a encore presque toutes ses dents.

— Eh bien, nous y réfléchirons, dit Qwilleran. Rien ne presse.

— Attendez, dit Junior, il y a une femme dans la maison de retraite qui a plus de quatre-vingt-dix ans, mais elle a gardé toute sa tête. Elle a passé toute sa vie dans une ferme. Son nom est Mrs. Woolsmith, Sarah Woolsmith.

Jody saisit son manteau et son sac et se dirigea vers la porte, sans mot dire.

— Eh ! où vas-tu ? cria Junior. Qu'est-ce qui te prend ?

Après sa visite à l'hôpital, Qwilleran alla déjeuner chez Stéphanie en se demandant ce que le coffret en métal de Senior Goodwinter pouvait bien contenir et ce que signifiaient ses fréquents voyages à Minneapolis. Le visage rouge et embarrassé de Junior indiquait qu'il soupçonnait quelque chose. Les jeunes gens sont toujours larges d'esprit en ce qui les concerne mais peuvent être singulièrement timorés sur les aventures extraconjugales de leurs parents. Tandis qu'il réfléchissait à cette curieuse réaction, il entendit une voix familière commander derrière lui :

— Apportez-moi une tranche de jambon d'York dégraissée, sans concombre ni poivre vert, et une salade au roquefort.

La voix avait un accent particulier qu'il avait déjà entendu. Il se leva et se dirigea vers les lavabos, en jetant un coup d'œil sur ce client. C'était le soi-disant historien qu'il avait rencontré à la bibliothèque. Il avait troqué son imperméable noir contre une tenue moins voyante dans le comté de Moose, mais il n'y avait aucun doute sur son identité. C'était l'étranger dont la précédente visite avait coïncidé avec l'accident fatal de Senior... ou son meurtre.

Qwilleran termina son repas en évaluant différentes possibilités. Il composa plusieurs scénarios qui incluaient le coffret métallique, l'adultère, le jeu, le trafic de drogue, l'espionnage. Aucun ne semblait convenir à cet homme aux manières apparemment anodines.

CHAPITRE DIX

MARDI DIX-NEUF NOVEMBRE. « Journée plus agréable, avec des températures maximales avoisinant dix degrés. Quelques flocons dans l'après-midi. Si les conditions atmosphériques se développent, risque d'abondantes chutes de neige, mercredi. »

– C'est terrible, dit Mrs. Cobb. La vente a lieu demain et c'est en dehors de la ville. On raconte que l'hôtel est déjà rempli d'antiquaires venant de l'extérieur. Ils sont arrivés pour la présentation qui a lieu aujourd'hui.

– Ne vous inquiétez pas, si la météo prévoit une tempête de neige, il fera une belle journée, dit Qwilleran, avec l'assurance d'un vieil habitant du comté. Mais comment vont-ils organiser les enchères dans une maison pareille ? Il n'y a qu'une succession de petites pièces.

– La vente aura probablement lieu dans la grange. Les affiches et les annonces à la radio conseillent de s'habiller chaudement. C'est Foxy Fred qui est le commissaire-priseur. Je vais à la présentation, cet après-midi, afin d'acheter le catalogue. A quelle heure vient Miss Rice? Les chats ont faim.

A la suggestion de Hixie, on ne leur avait servi qu'une cuillerée de nourriture pour leur petit déjeuner, juste assez pour les faire tenir tranquilles. L'idée était que Koko soit affamé pour l'essai filmé et Yom Yom devait souffrir avec lui. Ils miaulèrent sans arrêt, pendant que Qwilleran buvait un lait de poule. Ils allaient et venaient, et crachaient quand un pied se posait accidentellement sur leur queue. Koko savait, évidemment, que Hixie était responsable de cet outrage. Dès son arrivée, il la regarda de travers, la queue en l'air.

— *Bonjour monsieur Koko*, dit-elle en français.

Il se détourna et partit d'une démarche raide pour se diriger vers l'office où se trouvait son plat.

— Voici le scénario, expliqua-t-elle à Qwilleran. Nous commencerons par un gros plan sur la porte qui dénotera l'élégance et la richesse de la maison. Puis nous entrerons dans le vestibule, avec vue panoramique sur le grand escalier et le lustre en cristal.

— On dirait l'épisode d'un roman-feuilleton.

— Ensuite, nous ferons un gros plan sur le haut de l'escalier où Koko sera assis, avec un air d'ennui.

— Qui dirigera cette scène?

Hixie ignora la question :

— Puis on entendra la voix du valet de chambre annoncer sur un ton solennel que les timbales de foie de porc de Monsieur sont avancées. Aussitôt, Koko descendra l'escalier en courant et la caméra le suivra jusqu'à la salle à manger.

— La salle à manger? répéta Qwilleran, d'un ton de doute.

Les siamois avaient l'habitude de prendre leur repas dans la cuisine et répugnaient à manger ailleurs.

Hixie poursuivit avec sa confiance habituelle :

— Rapide prise de vues de la table de seize couverts avec les chandeliers à trois branches et un seul vase en porcelaine. Nous pourrons utiliser un des plats du service Klingenschoen avec la bordure bleue et l'initiale dorée K, puis retour sur Koko dévorant sa timbale de foie de porc avec avidité. Nous serons peut-être obligés de faire plusieurs prises, aussi préparez-vous à l'attraper, Qwill. L'essentiel est d'éviter de le prendre de dos.

— Ce ne sera pas facile. Les chats aiment musarder.

— Très bien. Installez-le en haut de l'escalier.

Koko avait écouté les explications avec une expression qui pouvait être qualifiée de soupçonneuse. Lorsque Qwilleran voulut se baisser pour le prendre, il lui échappa à la façon d'un morceau de savon dans une baignoire. Il traversa le hall d'entrée comme une flèche et sauta en haut de l'armoire de Pennsylvanie. De ce perchoir, à plus de deux mètres cinquante de hauteur, il regarda ses poursuivants avec défi. Il était assis dangereusement près d'un vase de Majorque très rare.

— Je n'ose pas grimper pour l'attraper, dit Qwilleran, il a pris un otage. Il sait probablement que ce vase vaut dix mille dollars.

— Je ne savais pas que Koko était caractériel, dit Hixie.

— Allons prendre une tasse de café à la cuisine. Les siamois détestent qu'on les ignore.

Quelques minutes plus tard, Koko vint les rejoindre, en entrant dans la pièce avec une feinte nonchalance. Il s'assit sur son derrière, comme un kangourou, et lécha avec innocence quelques poils déplacés sur son ventre. Lorsqu'il eut terminé, il se laissa transporter en haut de l'escalier.

Hixie donna des instructions d'en bas :

— Arrangez-le sur la dernière marche pour que l'on aperçoive une boule de poils, face à la caméra.

Qwilleran posa délicatement le chat sur la moquette. Koko se raidit, fit le gros dos, sa queue dressée en tire-bouchon, ses quatres pattes paraissaient disloquées.

— Recommencez, dit Hixie, pliez-lui les pattes sous le corps.

— Venez lui plier les pattes et je prendrai la scène, répondit Qwilleran. Votre scénario est bon, Hixie, mais il refuse de le jouer.

— Bon. Descendez-le. Je vais prendre un gros plan pendant qu'il mange pour voir ce qu'il donne devant une caméra.

Qwilleran transporta Koko dans la salle à manger. Maintenant le chat se débattait et protestait avec véhémence en faisant voler des poils partout.

— Prête, Mrs. Cobb ? cria Hixie en direction de la cuisine.

La gouvernante, qui faisait office d'accessoiriste, arriva de la cuisine avec l'assiette au chiffre de Koko, remplie de pâté de foie de porc.

— Est-ce que le film sera en couleur? demanda-t-elle.

Avec précaution, Qwilleran posa Koko de profil tandis que Hixie avançait avec un téléobjectif. Koko baissa la tête vers l'assiette, les oreilles et les moustaches en arrière, il secoua la patte avec dégoût en agitant la queue.

— Si vous voulez l'image d'un chat qui s'éloigne lentement, Koko est votre personnage.

— Tout cela était nouveau et étrange pour lui, nous ferons un essai un autre jour, dit Hixie, avec optimisme.

— Je crains que Koko n'en fasse jamais qu'à sa tête. Il ne recherche ni la fortune, ni la célébrité. De plus, le mot « coopération » n'a jamais fait partie de son vocabulaire. Chaque fois que j'essaie de le photographier, il me tourne le dos, pointe une patte en l'air dans une pose pornographique et se lèche les parties intimes. Allons finir notre café.

Mrs. Cobb avait préparé un autre pot de café. Elle le servit dans la bibliothèque avec des croissants aux amandes.

— Qu'y a-t-il de neuf au restaurant? demanda Qwilleran.

— Pas grand-chose. Nous venons d'engager un garçon appelé Derek Cuttlebring. J'aime les noms drôles. A l'école j'ai connu une Betty Crevette qui a épousé un nommé Poisson et ils ont ouvert un restaurant de fruits de mer. Avez-vous jamais feuilleté l'annuaire du Comté de Moose : Fugtree, Mayfuss, Inchpot, Hackpole?

— Je connais Hackpole, dit Qwilleran. Il vend des voitures d'occasion et fait des réparations automobiles.

— Alors laissez-moi vous raconter quelque chose d'amusant. Quand j'ai commencé à travailler ici, j'ai essayé de me montrer chaleureuse avec les clients et de les saluer en les appelant par leurs noms. J'ai suivi des cours pour l'amélioration de la mémoire en utilisant une méthode d'association d'idées. Un jour Mr. Hackpole est venu avec une grosse bonne femme qu'il essayait d'impressionner et je l'ai appelé Jackpot. Il n'a pas trouvé ça drôle.

— Cet homme n'a pas le sens de l'humour, dit Qwilleran, qui ajouta en baissant la voix : Et la grosse bonne femme était Mrs. Cobb, la gouvernante de mon cœur dont vous dévorez les croissants aux amandes avec un tel entrain.

— Je suis navrée, mais vous devez reconnaître que c'est une grosse bonne femme.

— Pas plus grosse qu'une certaine publicitaire de ma connaissance, du Pays d'En-Bas.

— Touchée ! dit-elle. Pourquoi ne viendriez-vous pas déjeuner au Vieux Moulin, aujourd'hui ?

— Quel est le plat du jour ?

— Du chili. Bien relevé. Vous pouvez apporter votre extincteur.

Peu avant midi, Qwilleran eut un autre visiteur. Nick Bamba, le mari de sa secrétaire à mi-temps qui habitait Mooseville. Il apportait un dossier de lettres à signer. Nick fut reçu avec effusion par deux siamois enthousiastes qui semblaient savoir qu'il partageait sa maison avec trois chats et une jeune personne dont les longues tresses blondes étaient retenues par des rubans bleus. Les deux hommes entrèrent dans la bibliothèque, suivis par deux queues brunes verticales, toutes raides de leur importance.

— Il est l'heure de boire un verre, dit Qwilleran.

Il voyait d'un œil favorable les visites de ce jeune ingénieur qui travaillait à la prison d'Etat et partageait son intérêt pour le crime.

— Quoi de nouveau dans l'univers carcéral ? demanda-t-il.

— Tout est assez tranquille pour m'inquiéter, dit Nick, je prendrais bien un verre de bourbon. Que pensez-vous de ce temps ?

— Il a fait moins dix degrés à Brrr, l'autre nuit. Comment va le bébé ? demanda Qwilleran qui ne pouvait jamais se rappeler le nom et le sexe du premier-né des Bamba.

— Il va bien. C'est un beau bébé, bien portant, Dieu merci !

— Je suis heureux de l'apprendre. N'avez-vous pas conduit Sniffer au vétérinaire ?

— Il a dit qu'elle souffrait d'une maladie de la peau qui affecte les femelles châtrées. Il lui fait prendre des hormones.

— J'ai apprécié votre rapport sur l'intrus qui s'était introduit chez moi, Nick, et je l'ai notifié au shérif, comme vous me l'aviez suggéré.

— J'ai vu que l'on avait posé des poteaux interdisant l'entrée de la propriété.

— Mr. O'Dell a installé des panonceaux avec toute une série de défenses : d'entrer, de camper, de chasser.

— C'est un type formidable. Lorsque j'étais au collège il m'a souvent tiré de mauvais pas.

— Rien de neuf à Mooseville?

— Il n'y a jamais rien de neuf à Mooseville... Au fait, à propos de ce campeur que j'avais repéré dans votre propriété la semaine dernière. Sa voiture était un break peu courant dans la région. Trois nuances de brun, carrosserie spéciale. Depuis je l'ai remarqué à plusieurs reprises dans le parking du Vieux Moulin. Par curiosité, j'ai relevé le numéro minéralogique. La voiture est enregistrée au nom de Hixie Rice.

Après le départ de Nick, Qwilleran se dit que Hixie n'était pas le genre de fille qui aime la vie en plein air. Il ne l'avait jamais vue sans talons de moins de six centimètres de haut.

Il alla déjeuner de bonne heure et commanda du chili.

— Koko s'est-il remis de son coup du mépris? demanda Hixie.

— Tout de suite après votre départ, il a dévoré sa timbale de foie de porc. Au fait, à qui appartient ce break somptueux qui est dans le parking?

Hixie parut perplexe :

— Oh! le break marron? Il appartient à une de nos aides-cuisinières. Son mari travaille à Mooseville. Il doit parcourir cent vingt kilomètres par jour, alors il se sert de leur petite voiture et elle vient travailler avec ce dévoreur d'essence.

Que cachait-elle? Qwilleran se souvint qu'Hixie avait souvent menti, pas toujours avec succès, et elle s'arrangeait pour être mêlée à des éléments douteux dans ses relations sentimentales. Qu'avait-elle encore inventé ? Le chef invisible ? Son livre de cuisine ? Sa mère malade à Philadelphie ?

CHAPITRE ONZE

MERCREDI VINGT NOVEMBRE. Lorsque le téléphone sonna à six heures du matin, Qwilleran sut que ce ne pouvait être qu'Harry Noyton. Qui d'autre aurait eu le toupet ou l'inconscience de l'appeler si tôt ? Il répondit d'une voix ensommeillée et entendit une exclamation joyeuse :

— Allô, Qwill, levez-vous vite ! Comptez-vous dormir toute la journée ? Ne m'avez-vous pas convié à un de ces petits déjeuners entre hommes ?

— Vous attendez-vous à ce que je tire ma gouvernante de son lit au milieu de la nuit ?

— Eh bien, de toute façon, j'arrive. J'ai à vous parler. J'appelle un taxi et je serai là dans cinq minutes.

— Il n'y a pas de taxi à Pickax, Harry, mais vous pouvez marcher jusqu'ici. C'est à cent mètres.

— Je n'ai pas fait cent mètres à pied depuis que j'ai été démobilisé de l'infanterie.

— Essayez. C'est excellent pour la santé.

N'allez pas dans la maison principale. Venez dans mon appartement au-dessus du garage.

Qwilleran enfila quelques vêtements et ouvrit la porte qui donnait sur sa kichenette. Au-dessus de l'évier, le chauffe-eau électrique produisit de l'eau bouillante pour lui permettre de préparer sa spécialité culinaire : le café instantané. Un four à micro-ondes dégela des biftecks tirés d'un mini-congélateur. Quelques instants plus tard, Noyton gravit l'escalier.

— Est-ce là que vous vivez? Je préfère ce mobilier moderne aux vieilleries de la grande maison. Hé! voilà un divan sexy. Recevez-vous des filles chez vous?

Qwilleran était toujours grincheux avant d'avoir bu son café.

— C'est mon lieu de travail. J'écris un livre.

— Sans blague? Sur quel sujet?

— Il vous faudra attendre qu'il sorte en librairie pour en acheter un exemplaire.

— Ah! que je vous aime, vous autres journalistes, dit Noyton, dont la bonne humeur était à toute épreuve. Vous êtes si indépendants! C'est la raison pour laquelle je suis séduit par cette idée de posséder un journal. Ce pays perdu attend quelque chose. Il y a beaucoup d'argent dans la région. La plupart des gens disposent de leur avion personnel, possèdent trois ou quatre voitures, ont des bateaux de douze pieds. Vous devriez voir les bijoux sur les femmes du Country Club!

— Vous avez vu les héritiers, dit Qwilleran. Il y a aussi de la pauvreté et du chômage, et trop de gosses ne vont pas au collège. Un journal courageux pourrait secouer la conscience civique et promouvoir des formations et des créations d'emploi aussi bien que des scolarités prolongées. La Fondation Klingenschoen ne peut prendre tout à sa charge, et ne doit pas le faire.

— Bon sang ! Vous avez tout prévu. C'est ce que j'aime chez vous autres journalistes.

Qwilleran sortit des tasses à café, une assiette de biscuits à la cannelle de Mrs. Cobb et disposa le couvert sur la table de jeu.

— Prenez ce fauteuil, Harry. Comment avez-vous trouvé l'hôtel ? Est-il confortable ?

— Diable ! Ils m'ont donné la suite nuptiale avec un lit rond et des draps en satin pêche.

— Comment se sont passées vos conférences, hier ?

— Sans accroc. Tout a marché comme sur des roulettes. Cette bonne dame Goodwinter ne savait pas ce qui lui tombait sur la tête. J'ai signé un chèque de six chiffres sur trois banques différentes pour les droits sur le nom du *Picayune* et sur les vieilles presses.

— Comment vous y êtes-vous pris ?

— Le maire nous a invités à déjeuner au club, elle et ses amis du développement économique, dans une salle de conférences privée. Ce fut dans la poche, dès le départ. A la fin du repas, elle m'appelait Harry et je l'appelais Gritty. Mon notaire a pris contact avec le sien, son banquier avec le mien et nous avons signé un accord. La ville nous soutient à cent pour cent. Cela va créer des emplois. Nous aurons la libre disposition d'un immeuble sans payer d'impôts locaux pendant dix ans.

— Qu'arrivera-t-il à l'ancien immeuble du *Picayune* ?

— La ville va le condamner et indemnisera Gritty. Il sera revendu pour un prix minimal. Les délégués du comté figurent sur le contrat. Le comté entrera jusqu'à cinquante pour cent dans la création d'un musée de la presse. Cela deviendra une attraction touristique. Hé ! dites, ces steaks sont vraiment fameux.

— Que faisaient les Entreprises XYZ pendant que vous les supplantiez et circonveniez la veuve ?

— Les Entreprises XYZ ne se sont jamais intéressées au journal. Ce n'étaient que des boniments avec Gritty, aussi n'avait-elle aucune obligation de traiter avec ces forbans. Si une pauvre veuve peut avoir trois quarts d'un million de dollars au lieu d'un chèque à cinq malheureux chiffres, qui lui jettera la pierre ?

Noyton était remonté et parlait comme un moulin à paroles.

— Certains délégués m'ont emmené faire un tour à la campagne et — espèce de farceur ! — ils n'ont pas dit un mot sur ces élans qui sont censés traverser les pare-brise ! J'aime Mooseville. Tout y est construit en bois. J'aimerais y bâtir un hôtel. La ville est mûre pour se développer. Nous pourrions construire des maisons en imitation de rondins en ciment armé. Qu'en pensez-vous ?

— Harry, vous n'avez aucun goût. Laissez agir les architectes.

— Allez au diable, c'est mon fric ! C'est moi qui dis aux architectes ce qu'il faut faire.

— Eh bien, quand le journal sera lancé,

n'essayez pas de dire aux journalistes ce qu'il faut écrire.

Le visage de Noyton refléta une expression confidentielle.

— Gritty nous a accompagnés à Mooseville. Nous étions assis tous les deux sur le siège arrière et nous avons lié… comment dites-vous?

— Des rapports.

— Puis elle m'a emmené dîner dans ce restaurant où il y a une roue qui avait besoin d'être graissée. Je leur ai demandé de m'apporter un tournevis et de l'huile à machine pour réparer ce maudit engin. Mais nous nous sommes donné du bon temps, Qwill, oui, vraiment du bon temps. Nous avons fini la soirée dans ma suite nuptiale avec une bouteille de champagne. Elle ne voulait pas rentrer là où elle vit actuellement, aussi ai-je pris un arrangement à l'hôtel. Je ne pouvais pas laisser se perdre ces draps de satin pêche. Gritty est le genre de femme que j'apprécie. Elle a du cran et ce qu'il faut là où il faut. Vous souvenez-vous de Nathalie? Ma vie n'a plus été la même depuis que j'ai perdu Nathalie. Et savez-vous le plus beau? Gritty s'est aussi toquée de moi! Je vais la conduire à Hawaï pour passer des vacances. J'ai justement des affaires à traiter par là. Rien de très important, juste des broutilles qui me laisseront du temps libre.

— Vous feriez bien de partir avant les premières chutes de neige, dit Qwilleran, et aussi avant qu'Exbridge se lance à votre poursuite avec un fusil. Il vient juste de divorcer à cause de Gritty.

— Exbridge ne me fait pas peur. Oh! à

propos, j'ai bavardé avec votre ami Riker. Je l'ai rencontré au Texas. Il est d'accord pour venir ici. Gritty m'a aussi conduit à l'hôpital pour me présenter Junior et prendre des accords.

Qwilleran coupa :

– Essayez de découvrir si Gritty sait quelque chose au sujet du coffret métallique qui a disparu dans l'incendie du *Picayune*. Personne ne sait ce qu'il contenait, mais Junior pense que c'était important. Ce coffret est peut-être enterré au milieu des décombres.

– Aucun problème. Nous allons mettre une équipe sur les lieux. Oh ! vous ai-je dit que j'avais fait une offre pour le nouvel hôtel de Pickax ? Nous ferions venir un bon décorateur du Pays d'En-Bas et nous l'appellerions hôtel Noyton.

– Ne vous y prenez pas ainsi. Utilisez un décorateur local et laissez l'ancien nom. Voulez-vous que ces braves gens aient l'impression d'être envahis ? Le truc est de s'adapter en douceur.

– Très bien, général. Oui, *monsieur*, général. Etes-vous sûr de ne pas vouloir figurer sur la feuille de paie ?

– Non, merci.

– Bon, eh bien, il faut que je m'en aille. Merci pour le café. J'en ai bu de meilleur, mais celui-là était fort. J'ai encore quelques points de détail à régler, avant de partir pour l'aéroport. J'ai loué un avion pour Minneapolis.

– Voulez-vous que je vous conduise à l'aéroport ?

Noyton secoua la tête.

– Gritty va m'y conduire, mais rendez-moi un service. Elle laissera les clefs de la voiture à

Charlie. Quelqu'un devra aller chercher la voiture avant la chute de neige. Elle n'en aura pas besoin avant le printemps.

Noyton venait de s'en aller, quand Junior téléphona :

— Voulez-vous des nouvelles ?

— Bonnes ou mauvaises ?

— Les deux. L'accord pour le *Picayune* est signé. L'argent est à la banque. Arch Riker est en route pour venir ici. Je sors de l'hôpital, aujourd'hui. J'ai rasé ma barbe et Grandma Gage part pour la Floride, aussi vais-je m'installer chez elle pour garder la maison jusqu'à son retour.

— Quelles sont les mauvaises nouvelles ?

— Jody est furieuse contre moi. Je ne sais pas ce qui lui prend. Brusquement elle prétend que je ne l'écoute pas et que je l'ignore en présence de quelqu'un.

— Vous devez vous habituer à voir les choses selon son point de vue et non uniquement selon le vôtre, si vous devez vous marier. Je vous parle par expérience. Vous ne savez pas combien elle s'est inquiétée à votre sujet. Elle s'est fait du souci, quand votre père est mort, quand vous avez combattu l'incendie, lorsque vous avez échoué au *Fluxion* et quand vous avez disparu dans les bois.

Il y eut une pause, puis :

— Vous avez peut-être raison, Qwill.

A huit heures, Qwilleran prit le bulletin météorologique à la radio. « Tempête menaçante dans tout le comté de Moose. Nous répétons : tempête menaçante... »

Mrs. Cobb l'appela sur le téléphone intérieur :

— Désirez-vous prendre votre petit déjeuner, Mr. Q?

— Non, pas ce matin. Mais je voudrais vous parler, avant que vous ne partiez à la vente.

Il enferma les siamois dans le panier en osier et tous trois traversèrent la cour pour se rendre dans la grande maison.

— Avez-vous entendu le bulletin de la météo? demanda Mrs. Cobb. On dirait que la Grande Tempête se prépare. J'espère qu'elle n'éclatera qu'après la vente. Susan Exbridge vient me chercher à dix heures. Herb m'a dit de ne rien acheter, mais je ne sais pas résister à une vente aux enchères.

— Comment était la présentation?

— Il y avait de très jolies choses et j'ai vu la ferme pour la première fois. J'ai hâte de pouvoir mettre la main dessus. Nous avons résolu nos problèmes. Herb conservera une aile de la maison pour fumer, ranger ses armes et ses têtes d'animaux. Allez-vous à la vente?

— J'y ferai peut-être un tour pour voir comment se passent les enchères. Quelle est la meilleure heure?

— Pas trop tôt. On commence toujours par les rossignols et on garde les bons spécimens pour plus tard. Il y aura un stand où l'on pourra acheter des sandwiches et des boissons chaudes. N'oubliez pas de bien vous couvrir et ne portez pas de vêtements trop chics.

Après le départ de Mrs. Cobb, Qwilleran tourna dans la maison jusqu'à ce qu'il ne pût plus attendre davantage. Qui assisterait à cette vente? Qu'y achèterait-on? Les enchères monteraientelles ? De quoi parleraient les gens ? Quel genre de sandwiches servirait-on ?

Il enfila sa veste doublée de mouton, mit sa toque de fourrure et de grosses bottes fourrées, avant de partir pour Black Creek Lane à North Middle Hummock.

Il y avait une circulation inhabituelle. Automobiles, camionnettes, pick-up faisaient route vers le nord et quelques voitures revenaient déjà chargées. A huit cents mètres de la ferme, on commençait à voir des véhicules garés sur le bas-côté de la route. Qwilleran réussit à prendre la place d'un pick-up qui s'en allait. Des acheteurs revenaient les bras chargés de lampes, de rocking-chairs. Une femme portait un cache-pot en bambou.

— Peu importe, chéri, déclara-t-elle à son mari étonné, je voulais seulement avoir quelque chose qui ait appartenu à une Goodwinter, même si cela avait été une brosse à dents.

Des acheteurs ou des curieux marchaient sur les feuilles mortes et examinaient des rangées d'articles de ménage, de couvertures, d'outils de jardin, de verroterie. Le mobilier important était toujours dans la maison. Tout le reste était entassé dans une des granges où les enchères battaient leur plein.

Foxy Fred, le commissaire-priseur, un chapeau de cow-boy sur la tête et une veste rouge sur les épaules, se tenait sur l'estrade et haranguait les acheteurs qui étaient entassés, devant lui, épaule contre épaule.

— Voici une lanterne ancienne, entièrement équipée. Qui en offre cinq dollars ?... Cinq ?...

donnez-m'en quatre?... Un dollar, ici, offrez-en deux... Qui dit deux?... J'ai deux à ma gauche; trois à ma droite... Trois... quatre? Qui dit quatre?

Afin de pouvoir faire des offres, les acheteurs prenaient des cartes numérotées à une femme vêtue de rouge qui notait les ventes sur un registre et ramassait l'argent. Qwilleran n'avait pas l'intention de faire des offres, mais il prit quand même une carte. Elle portait le n° 124.

– Regardez! Regardez! dit le commissaire-priseur.

Deux aides vêtus de rouge soulevaient un fauteuil capitonné au-dessus des têtes pour le faire apprécier à l'auditoire. Cependant les enchères étaient lentes. Les clients étaient fatigués, ou gênés par des bouffées de chaleur provenant de radiateurs électriques portatifs. Soudain le commissaire réveilla l'attention. Après seulement deux enchères, il laissa partir un fauteuil à bascule en cuir pour un prix dérisoire. L'auditoire protesta :

– Si ça ne vous plaît pas, manants, levez-vous et faites une offre!

Qwilleran sortit de la grange et trouva Mrs. Cobb et Susan Exbridge qui mangeaient un sandwich.

– Ce n'est pas le Vieux Moulin, mais du moins le pain est frais, dit Susan Exbridge.

– Le nouveau chef a certainement relevé le niveau de la cuisine, dit Qwilleran. Quelqu'un l'a-t-il rencontré?

– Je l'ai vu une fois, au parking du Village indien, dit Susan Exbridge. Il est grand, blond et très beau garçon, mais il m'a paru assez timide.

— Vous ne devinerez jamais ce que j'ai acheté, dit Mrs. Cobb : un berceau en bois sculpté à la main! J'attends mon premier petit-fils bientôt.

— Les acheteurs étrangers font-ils monter les enchères? demanda Qwilleran.

— Ils ne se sont pas encore manifestés. Ils attendent les objets de valeur, mais ils sont nombreux. Je sais toujours reconnaître un professionnel. Ils ont un air particulier, à la fois astucieux et détaché. Voyez-vous ce petit homme, avec les mains dans ses poches, et cette femme avec une toque en fourrure? Ce sont des marchands. En revanche, je pense que l'homme qui porte une veste en mouton fait partie du service de sécurité. Il ne fait pas d'enchères, il n'écoute même pas. Il surveille seulement les gens.

Avant de se retourner pour regarder, Qwilleran eut l'impression qu'il allait voir l'étranger qui se prétendait historien. En effet, l'homme se promenait sans but, au milieu de la foule.

Au même instant, il y eut un mouvement général en direction de la grange, comme s'il s'agissait d'un signal. A l'intérieur du bâtiment, on entendit un brouhaha de voix excitées, tandis que les porteurs commençaient à sortir l'artillerie lourde.

— Regardez! Regardez! cria le commissaire-priseur, pour dominer le tumulte : une chaise victorienne rococo, véritable Bulter, faisant partie, je crois, d'un mobilier de salon comprenant deux chaises et une causeuse, recouvertes en crin de cheval. Le tout en bon état. Qui offre deux mille pour l'ensemble? Deux mille pour commencer. Y a-t-il une offre à deux mille?

Un bras se leva.

— Ici, cria l'assistant qui aidait à découvrir les enchères.

— J'ai deux mille. Qui me donne deux mille cinq,donnez-moi deux mille cinq !

— Ici !

— Deux mille cinq, donnez-moi trois mille...

— Ici.

— Trois mille. Donnez-moi quatre mille. Voilà, voilà, voilà. Qui m'offre quatre mille ?

Ici !

L'excitation montait. C'était comme la dernière partie d'un match de base-ball avec un score serré. C'était la course dans la dernière ligne droite. Lorsque les meubles furent enfin attribués pour un chiffre que Qwilleran considéra comme astronomique, l'assistance se calma avec des grognements et des soupirs. Quelqu'un tira Qwilleran par la manche :

— Comment se fait-il que vous n'ayez pas poussé les enchères sur ce lot, Qwill ?

— Hixie ! Je ne savais pas que vous fréquentiez les ventes aux enchères !

— Je ne le fais pas, mais les clients ont tellement parlé de celle-ci que je me suis éclipsée à la fin du service.

— Un peu de silence, là-bas ! cria le commissaire-priseur.

Qwilleran prit le bras de la jeune femme et la tira à l'écart dans la cour.

— Le meilleur est là-dedans, dit-il en sortant un catalogue.

Parmi les meubles importants encore conservés dans la maison se trouvaient deux lits style général Grant, un orgue de salon, un pare-feu en bronze, une grande huche en pin, un buffet en chêne sculpté avec une table assortie et un lourd bureau à cylindre.

— Ce bureau est la seule pièce que je serais tenté d'acheter, dit Qwilleran.

Hixie avoua qu'elle n'était pas vraiment intéressée par les meubles anciens.

— Avez-vous entendu les dernières rumeurs ? demanda-t-elle.

— Lesquelles ? Les rumeurs courent la ville, cette semaine.

— La plupart étaient de fausses alertes. La bonne amie de mon patron fréquente un autre homme. Ils sont venus dîner hier soir — un couple d'amoureux, d'âge certain, qui se comportent comme des tourtereaux. Je les avais installés à la table d'honneur, près de la roue. Le type est devenu fou. Il a réclamé de l'huile de graissage.

— Exbridge est-il au courant de ce qui se passe ?

— Selon toute apparence, car il était livide. Lorsqu'il est venu déjeuner, aujourd'hui, il était d'une humeur de chien. Le cocktail était chaud, la soupe froide, le veau dur. Il a menacé de renvoyer Tony.

— Qui donc ?

— Eh bien, il préfère qu'on l'appelle Tony, mais son véritable nom est Antoine.

Qwilleran tripota la carte dans sa poche.

— Il faut que je retourne dans la grange pour voir ce qui se passe. Je vous verrai plus tard.

Dans la grange, l'état d'esprit était contagieux. Il se senti bientôt gagné par la fièvre, le symptôme était une excitation nerveuse avec l'impression de vivre une aventure.

— La température commence à monter maintenant, braves gens, dit le commissaire-priseur, tandis qu'une glacière en bois, un chandelier du XVIIIe siècle et une table de la reine Anne passaient sous le marteau, en rapide succession. Puis l'orgue de salon et la huche en pin furent mis en vente d'après leur numéro sur le catalogue.

— Ensuite, nous avons un bureau à cylindre en cerisier, dit le commissaire-priseur. Il est en parfaite condition et date de 1881. Origine prestigieuse : il appartenait à Ephraïm Goodwinter, le propriétaire des mines et exploitant forestier bien connu, fondateur de la bibliothèque de Pickax. Commençons à cinq mille ? Cinq mille... quatre mille ?...

— Mille, dit une femme près de l'estrade.

Il s'agissait de la marchande portant une toque en fourrure.

— J'ai mille à ma droite. Superbe bureau, sept tiroirs, de nombreux casiers. Peut-être un tiroir secret. Qui m'offre deux mille ?

Qwilleran leva sa carte.

— Nous avons deux mille, disons trois mille. Ai-je entendu trois mille ? En solide bois de cerisier. Une page d'histoire est attachée à ce bureau.

— Ici !

— Trois mille. Qui offre trois mille cinq ? Voilà, voilà, voilà !

Le chant du commissaire-priseur eut un effet stimulant sur Qwilleran. Il leva sa carte.

— Trois mille cinq pour ce superbe bureau à cylindre ; disons quatre mille, quatre mille.

— Ici !

Le pull-over à col roulé serrait la gorge de Qwilleran qui eut l'impression d'étouffer ; il retira sa veste.

— Quatre mille, disons quatre mille cinq ? C'est une affaire, solide cerisier, garniture en cuivre. Quatre mille cinq, ai-je entendu cinq mille. C'est donné, allez-vous laisser partir ce meuble magnifique pour une bouchée de pain ?

— Quatre mille six, cria Qwilleran.

— Quatre mille six, qui me donne quatre mille sept ? Voilà, voilà, voilà.

— Ici !

— Quatre mille sept, ai-je entendu quatre-mille huit ? Voilà, voilà, voilà.

Qwilleran leva sa carte.

— Ici !

— Quatre mille huit, à ma gauche.

— Quatre mille neuf, dit la marchande.

— Cinq mille, cria Qwilleran.

— Bravo, ai-je entendu cinq mille cent ?

Toutes les têtes se tournèrent vers la toque de fourrure qui s'agita négativement.

— Ai-je entendu cinq mille cent ? Nous disons donc adjugé pour cinq mille dollars au n° 124.

L'assistance applaudit. Mrs. Cobb agita son catalogue et Qwilleran se frotta les sourcils.

Après avoir pris des arrangements pour faire livrer le bureau, il retourna en ville dans un état de grande confusion mentale. Cinq mille dollars pour un bureau semblait encore un prix considérable pour l'ancien chroniqueur du *Daily Fluxion*. Il s'arrêta dans un restaurant de Middle Hummock pour essayer de téléphoner à Junior, mais il n'obtint pas de réponse de la maison de Grandma Gage.

En arrivant chez lui, il découvrit pourquoi. Il y avait un message sur son répondeur téléphonique :

– Salut Qwill, nous prenons l'avion pour le Pays d'En-Bas afin d'aller nous marier. Les parents de Jody habitent près de Cleveland. Nous espérons être de retour avant la première neige. Oh ! et puis, nous avons retrouvé le coffret de papa !

Mrs. Cobb était restée dîner avec Susan Exbridge, aussi Qwilleran fourragea dans le réfrigérateur où il trouva une soupe aux lentilles et du poulet froid. Il se fit chauffer la soupe et découpa le poulet pour les siamois.

– Pas de lecture, ce soir, dit-il à Koko. J'ai eu assez de stimulation pour un seul jour. *Le reste est silence*. C'est dans Hamlet, au cas où tu ne le saurais pas.

La grosse horloge de l'entrée sonna sept fois et il écouta le bulletin météorologique. Des menaces d'orage avaient plané toute la journée et cependant le temps était resté beau. Il écouta avec circonspection les nouvelles prédictions : « Les menaces de tempête se sont dissipées, en fin d'après-midi, mais une nouvelle alerte est possible. On prévoit des vents de cinquante kilomètres, avec des poussées jusqu'à soixante-dix kilomètres à l'heure. La température actuelle à Pickax est de zéro degré et de moins cinq à Brrr. Et maintenant nos dernières nouvelles : deux personnes ont trouvé la mort dans un accident de voiture provoqué par un élan sur la route de l'aéroport à seize heures quarante-cinq, cet après-midi. Les noms ne seront pas révélés tant que les familles n'auront pas été prévenues. La voiture qui roulait vers l'ouest a heurté et tué un grand élan, avant de se retourner dans le fossé. »

— *Junior!* s'écria Qwilleran. Non! Non, le maléfice du *Picayune*! Le cinquième de la famille à connaître une mort violente. Et la pauvre petite Jody!

CHAPITRE DOUZE

MARDI VINGT ET UN NOVEMBRE. « Des menaces de tempête planent encore sur le comté de Moose », dit l'annonceur de la WPXK. « Des vents violents continuent à souffler du nord et les températures restent stationnaires autour de zéro degré. Et maintenant les nouvelles. Voici des précisions sur l'accident fatal qui s'est produit sur la route de l'aéroport. Ont trouvé la mort, à seize heures quarante-cinq, Gertrude Goodwinter, quarante-huit ans, de North Middle Hummock, et Harold Noyton, cinquante-trois ans, de Chicago. Selon les déclarations du bureau du shérif, leur voiture a heurté et tué un gros élan, puis s'est retournée dans le fossé. »

Qwilleran rendit visite à Andrew Brodie, au poste de police. Bien que l'équipe du shérif se montrât courtoise et coopérative, seul le chef de la police de Pickax pouvait se permettre une conversation amicale offrant des informations non officielles.

Brodie était assis à son bureau devant une pile de papiers et se plaignait, comme d'habitude.

— Que désirez-vous savoir? demanda-t-il, après une longue diatribe contre les ordinateurs.

— Que savez-vous de l'accident fatal qui s'est produit sur la route de l'aéroport?

— Il relève du bureau du shérif et de la police d'Etat. Mais nous avons aidé à rechercher la famille. Cela n'a pas été facile, avec son mari qui vient d'être enterré, sa mère qui est partie pour la Floride et Junior qui a pris l'avion, sans parler des deux autres enfants, vivant dans l'Ouest. Quant à l'homme qui était avec elle, il a fallu prendre contact avec son notaire et son banquier et les tirer de leurs lits pour avoir des renseignements à son sujet.

— Tout d'abord j'ai cru que Junior et Jody avaient été victimes de l'accident. Je sais que Jody est une amie de votre fille, aussi ai-je essayé d'appeler chez vous, hier soir, mais je n'ai pas obtenu de réponse.

— Ma femme et moi étions sortis et Francesca est allée à une répétition pour le concert à l'église. Ils ont essayé leurs costumes d'époque et ils étaient tous surexcités.

— J'attends moi-même cet événement avec impatience, dit Qwilleran.

Après quoi il se livra à quelques commentaires sur le temps, l'ouverture de la chasse et la vente aux enchères, avant de ramener la conversation sur l'accident :

— Savez-vous qui conduisait?

— Impossible à dire. Ils ont été tous les deux éjectés de la voiture.

— Je présume qu'ils ne portaient pas de ceinture de sécurité.

— C'est ce qu'il semblerait.

— Le shérif pense-t-il qu'ils roulaient vite ?

— Selon les marques des pneus, assez vite, et d'après le coroner, ils avaient bu quelques verres de trop. L'élan était un gros animal de plus de deux cents livres. Je suppose que vous ne savez rien de l'homme qui l'accompagnait ? Son nom est Noyton.

— Tout ce que je peux dire, c'est que c'était un gars qui était plein aux as, avec plusieurs ex-épouses, quelques enfants, et que le testament va être contesté pendant des années.

En quittant le bureau de Brodie, Qwilleran se demanda comment Exbridge allait réagir à la mort de Gritty et comment l'ex-Mrs. Exbridge réagirait à la mort de l'ancienne maîtresse de son mari ? La curiosité le poussa à aller déjeuner au Vieux Moulin. Hixie était toujours précieuse pour récolter des observations judicieuses.

Cependant, ce jour-là, elle paraissait nerveuse et préoccupée. Elle plaçait les clients, mais évitait toute conversation. Qwilleran fit traîner son déjeuner jusqu'au départ de presque tous les autres clients. Puis il offrit une consommation à Hixie. Elle s'installa en face de lui, la mine sombre.

— Cet affreux accident sur la route de l'aéroport, dit Qwilleran, n'était-ce pas l'ancienne conquête de votre patron ?

— Je n'ai pas de temps à perdre sur ces problèmes aujourd'hui, dit-elle d'un ton sec. J'ai mes propres soucis.

— Que se passe-t-il ?

— Tony est parti brusquement, ce matin,

juste avant le coup de feu du déjeuner. Il n'a donné aucune explication. Il a seulement sauté par la fenêtre.

— Que voulez-vous dire?

— Et il est parti avec *ma* voiture, au lieu de prendre ce break stupide.

— Je croyais que ce break appartenait à une de vos aides-cuisinières?

Hixie écarta la question d'un geste de la main :

— Il était à mon nom. C'est-à-dire que je l'ai acheté pour son anniversaire. Alors, pourquoi diable n'a-t-il pas pris le break?

— Peut-être avait-il une course urgente à faire?

— Alors, pourquoi est-il passé par la fenêtre des toilettes? Et pourquoi a-t-il emporté ses *couteaux*? Oh! je vois bien ce qui est arrivé, Qwill. Toujours la même malédiction pour la pauvre Hixie! Si Tony avait l'intention de revenir, il n'aurait pas emporté ses couteaux. Vous savez l'amour que les chefs cuisiniers portent à leurs couteaux. Ils dorment pratiquement avec eux!

— Quelque chose d'inhabituel s'est-il produit pour provoquer cette fuite rapide?

Hixie fronça les sourcils en regardant son verre de campari, avant de répondre :

— Eh bien, à onze heures nous nous préparions pour le déjeuner, quand un homme a frappé à la porte. Celle-ci était fermée et une des serveuses est allée voir ce qu'il voulait. Il a demandé Antoine Delapierre. Elle lui a répondu que nous n'avions personne de ce nom, alors il a poussé la porte et a voulu entrer. J'étais en train de plier des serviettes à l'office et j'ai vu tout de suite que cet homme n'était pas un commis voyageur. Il avait l'air froid et décidé.

— Portait-il une veste en mouton et une toque en fourrure ?

— Quelque chose comme ça. Quoi qu'il en soit, je lui ai demandé ce qu'il voulait et il a déclaré qu'il était un ami d'Antoine Delapierre. Tony l'entendit, saisit ses couteaux et s'enferma dans les toilettes du personnel. Ce fut la dernière fois que je le vis. Il a laissé la fenêtre ouverte et il s'est enfui avec ma voiture. Pourquoi diable lui ai-je donné le double de mes clefs ?

Parce qu'il était grand, blond et très beau garçon, pensa Qwilleran. Il eut pitié d'elle. Hixie, l'éternelle perdante, avait encore perdu la partie, mais cette fois elle ne pleurait pas. Elle était furieuse.

— Ainsi Tony Peters n'était pas son véritable nom ? demanda-t-il.

— Beaucoup de gens changent de nom pour des raisons de travail, dit-elle, avec un haussement d'épaules.

— Savez-vous ce qui a provoqué sa fuite ?

— Je n'en ai pas la moindre idée. Lorsque cet homme est entré dans la cuisine, je me suis fâchée et je lui ai ordonné de sortir.

Qwilleran s'abstint de poser d'autres questions ; tôt ou tard, Hixie lui avouerait la vérité. Il réfléchit à ce nouveau développement. Ses soupçons se vérifiaient. L'étranger qui se promenait à Pickax était bien un enquêteur.

Pour le moment, il devait rentrer à la maison et s'habiller pour aller dîner chez Polly Duncan, dans son cottage de MacGregor Road. Rôti de bœuf et pudding du Yorkshire.

Il trouva Mrs. Cobb occupée à la cuisine.

— Pensez-vous qu'il soit prudent de circuler en voiture sur une route de campagne, Mr. Q. ? On annonce des menaces de tempête à la radio.

— On les a déjà annoncées hier et il ne s'est rien passé. Je pense que leur ordinateur fonctionne mal. Ils doivent lire les prédictions météorologiques de l'année dernière.

Il prit une poignée de noisettes sur la table et partit à la recherche des siamois. Il se faisait un point d'honneur de toujours leur dire au revoir, quand il quittait la maison pour quelques heures — autre recommandation de Lauri Bamba.

Les chats n'étaient pas dans la bibliothèque, mais un exemplaire de *La Tempête* traînait par terre, à côté du buste de Shakespeare. Cela donna à réfléchir à Qwilleran, pourtant Koko avait déjà fait tomber ce titre menaçant et il ne s'était rien passé. Senior Goodwinter avait capoté sur le pont, mais le temps était resté beau.

Qwilleran partit en direction du nord. La température était froide et il y avait du vent, mais il portait sa veste en daim avec un col en castor et une toque de la même fourrure. Il portait également une chemise écossaise du tartan des Mackintosh, des bottes de chasse fourrées et naturellement les caleçons longs rouges qui faisaient partie de l'équipement de tous les hommes dans le comté de Moose.

Malgré le ciel couvert et le vent qui soufflait, Qwilleran avait le cœur léger et son esprit était plein d'ambition. Après cette soirée, il se plongerait dans la rédaction du livre qu'il négligeait depuis si longtemps. Polly serait ravie d'apprendre qu'il allait se remettre à écrire.

Son invitation à dîner était de bon augure. Elle signifiait, espérait-il, qu'elle relâchait cette étrange attitude consistant à le tenir à distance. Il pensait avoir découvert la raison de sa réserve. A une récente réunion du conseil d'administration de la bibliothèque, le fonds Klingenschoen avait alloué une somme importante pour l'achat d'un équipement vidéo. Pas un dollar n'avait été attribué au personnel. De plus, il avait été stupéfait d'apprendre les faibles émoluments de la directrice de la bibliothèque. Le petit cottage de Polly, sa vieille automobile, sa garde-robe limitée, tout suggérait un maigre budget. Qwilleran savait aussi qu'elle était fière. La différence entre leurs statuts financiers l'embarrassait-elle ? Il savait également — et sans aucun doute, elle aussi — que les bavardages, en ville, se réjouissaient de classer la bibliothécaire parmi les coureuses de fortune.

En ruminant ces pensées, il conduisit sans remarquer les minuscules flocons de neige sur son pare-brise. Un peu plus loin, il nota de plus gros flocons, offrant les dessins de cristaux qui faisaient la joie de son enfance, quand il essayait de les attraper avec la langue. Bientôt l'asphalte fut recouvert d'une mince couche blanche et Qwilleran ralentit pour éviter les passages glissants.

Lorsqu'il abandonna la route nationale pour s'engager sur la route MacGregor, il y avait un voile sur les champs et les buissons, créant un spectacle féerique, bien que la neige voltigeante obscurcît sa vue. Le soir semblait tomber plus tôt. Il roulait maintenant vers l'est et, sur son pare-brise, la neige s'entassait trop vite pour permettre à l'essuie-glace d'être efficace. Ce n'était qu'une averse, se dit-il. Elle ne durerait pas. Par prudence, il réduisit encore la vitesse.

Selon ses souvenirs de sa première visite, la maison de Polly se trouvait à environ cinq kilomètres de la route nationale : quatre kilomètres de route goudronnée et un de gravillons. Il n'y avait pas d'autre voiture en vue et il conduisait, à présent, à travers un tunnel blanc. Il espérait rester sur la route. Il n'y avait pas de trace de pneus à suivre. Personne n'avait circulé dans un sens ou dans l'autre, depuis que la neige avait commencé à tomber. Les croisements de chemins ne se distinguaient plus des champs.

Soudain un obstacle se dressa devant lui et il freina juste à temps pour éviter de plonger dans les buissons. Il se trouvait dans un coude de la route. Il lui fallut revenir vers la gauche, puis tourner à droite pour retrouver la route MacGregor. Il dut faire plusieurs manœuvres, avant de se remettre dans le bon chemin. Ensuite, il savait que la route serait droite jusqu'aux deux boîtes aux lettres MacGregor-Duncan. Il contrôla le kilométrage.

Le problème était de rester sur la route. A droite et à gauche, il y avait les inévitables bas-côtés. Les essuie-glaces, tout en fonctionnant avec furie, étaient impuissants contre la neige qui s'entassait de plus en plus. Il conduisait maintenant sous une couverture blanche. Le capot de la voiture était invisible. Heureusement, il n'avait pas à se soucier des élans. Il avait au moins appris cela de Hackpole. Mais il n'avait pas le temps de penser à Hackpole, ni même à Polly. Il lui fallait toute sa concentration pour conduire droit malgré la neige qui l'aveuglait.

A nouveau un buisson couvert de neige se dressa devant lui. Il avait encore quitté la route ! En tournant le volant il ne réussit qu'à faire patiner les roues. Il glissa le long d'une pente et la voiture se trouva dans un angle dangereux. Le fossé ! Si la pente s'accentuait, la voiture allait se retourner. Il coupa le moteur. La voiture s'immobilisa. Il resta assis, entouré de tous côtés par un mur blanc.

Il savait qu'il ne pourrait jamais sortir la voiture du fossé sans aide. Il considéra les options. Plus il hésitait, plus la neige s'amoncelait autour de lui. Il y en avait déjà une épaisseur de deux centimètres sur les vitres. Ayant ouvert la portière, non sans mal, il tâta le sol du pied. Il était bien dans le fossé. S'il pouvait remonter la pente, il se retrouverait sur un terrain solide et il pourrait parcourir à pied le reste du chemin. Il restait moins de quatre cents mètres, il le savait.

Enfonçant sa toque sur ses oreilles, il releva le col de sa veste, enfila ses moufles et se prépara à faire face aux éléments. S'il remontait au bord du fossé et tournait à droite, il aurait la ferme devant lui. Il devrait ensuite progresser en aveugle. Sous la tempête de neige qui faisait rage, il était impossible de se fier à son sens de l'orientation. Le vent faisait tourbillonner les flocons dans toutes les directions.

Enfin, il sentit le sol plus ferme sous ses pieds, mais il y avait déjà une couche de près de trente centimètres de neige molle qui l'obligeait à avancer pas à pas.

Cependant il avait un plan : s'il sentait qu'il glissait vers la pente à droite, cela signifierait qu'il s'écartait de la route et il se tournerait vers la gauche. En revanche, s'il glissait à gauche, il se dirigerait vers le côté opposé.

Il zigzagua pendant quelque temps de cette façon, sans oser espérer qu'une voiture se présenterait. Verrait-il même les phares dans ce blizzard ? Entendrait-il le moteur au milieu du vent qui hurlait maintenant à travers des arbres qu'il ne voyait pas ? En dépit de sa veste imperméable, l'humidité pénétrait à travers tous les interstices. Il chassait la neige de son visage avec ses moufles, d'un geste maladroit qui avait peu d'effet. La neige commençait à s'accrocher à ses moustaches et à ses sourcils, couvrant en même temps ses joues de givre.

Il marchait depuis ce qui lui semblait être une heure. Se pouvait-il qu'il avançât en cercle ? Si, par inadvertance, il avait opéré une volte-face et avait pris le fossé de droite pour celui de gauche, il se dirigeait peut-être vers la route nationale.

Cette progression sans visibilité était décourageante. Il marchait les mains tendues devant lui, comme un somnambule, mais il n'y avait rien que le vide. Il avait de plus en plus de difficulté à garder les yeux ouverts. Ses paupières étaient gelées, ses joues et son front étaient engourdis par le froid. Il cria « Au secours ! A l'aide ! » mais le son même de sa voix était étouffé dans cet univers blanc et cotonneux.

Que vais-je faire maintenant ? se demanda-t-il, sans panique, mais avec un sentiment de défaite. Il éprouvait un désir irrésistible de se laisser tomber sur les genoux et de se coucher pour s'endormir et tout oublier. « Continue à avancer », se dit-il, dans un sursaut d'énergie.

Il se souvint des boîtes aux lettres. Il devait les toucher de ses mains ou bien il passerait sans les voir. Il avança pas à pas, sans rien distinguer, sans rien sentir. La neige devenait plus épaisse sous ses pas et s'amoncelait sur son col et ses épaules. Il s'arrêta et s'appliqua à respirer normalement, mais il avait le souffle coupé par le vent.

Soudain, sans prévenir, quelque chose se dressa devant lui et il buta sur les poteaux où se trouvaient les boîtes aux lettres. Il les encercla de ses bras comme un naufragé s'accroche à une épave. Il s'appuya dessus longuement en essayant de reprendre son souffle.

Quelques mètres plus loin devait se trouvait l'allée, mais la distance était difficile à évaluer. Lorsque son genou heurta une borne en ciment, il sut qu'il était dans la bonne direction. Il se souvint qu'une haie bordait l'allée. Il allait la suivre pour trouver son chemin. Quand elle se termina, il sut que la ferme devait être sur sa gauche et le cottage juste un peu plus loin, en face de lui.

A nouveau, il avançait en aveugle vers ce qu'il espérait être la bonne direction. Il faisait noir, maintenant, et il se rendit compte que la neige n'était pas blanche, au plus profond de la nuit. Néanmoins, il crut apercevoir une lueur devant lui. Il se dirigea vers elle, les mains tendues, et tout à coup il buta sur des marches et tomba à genoux. Il gravit ces marches en s'aidant des mains. Une porte se dressa devant lui. Il s'appuya dessus et frappa de ses poings fermés. La porte s'ouvrit et il bascula en avant.

— Oh! mon Dieu, Qwill, qu'est-il arrivé? Etes-vous blessé?

Il était à quatre pattes au milieu d'une avalanche de neige qui tombait de ses vêtements. Polly lui saisit le bras. Il rampa dans la pièce et entendit la porte claquer derrière lui, éloignant le bruit de la tempête. Il faisait clair et chaud à l'intérieur. Ebloui, il cligna des yeux.

— Est-ce que tout va bien? Pouvez-vous vous lever? Je ne pensais pas que vous alliez venir. Qu'est-il arrivé à votre voiture?

Il avait envie de rester par terre, mais il se laissa redresser sur ses pieds.

— Laissez-moi vous déshabiller, ne bougez pas.

Il se tint immobile, les bras ballants, silencieux, tandis qu'elle retirait sa toque et sa veste, avant de les jeter sur un fauteuil. A l'aide de serviettes, elle essuya la neige et la glace de ses moustaches et de ses sourcils. Elle fit tomber des morceaux de neige accrochés à son pantalon et à ses bottes. Il se tenait toujours immobile mais s'était mis à frissonner.

— Il faut enlever ces vêtements mouillés, dit-elle, ensuite vous prendrez une boisson chaude. Asseyez-vous, je vais vous ôter vos bottes.

Elle le conduisit vers une chaise. Il s'assit docilement.

— Vos chaussettes sont sèches, vos pieds ne paraissent pas gelés, les sentez-vous ? Votre chemise est trempée autour du cou, je vais la mettre à sécher. Votre pantalon aussi. Dieu merci vous portez des caleçons longs. Je vais chercher des couvertures.

Et il ne trouvait toujours rien à dire. Elle l'enveloppa dans une couverture et le fit étendre sur un divan, puis elle lui planta un thermomètre dans la bouche.

— Je vais vous préparer du thé chaud et appeler le docteur pour lui demander s'il y a autre chose à faire.

Qwilleran ferma les yeux et ne pensa à rien d'autre qu'à être au chaud, au sec et en sécurité. Vaguement, il entendit le sifflet d'une bouilloire, le cliquetis du téléphone et un bruit d'eau épongée dans un seau.

Lorsque Polly revint avec une tasse de thé sur un plateau, elle déclara :

— Le téléphone est muet. La ligne doit être coupée. Je me demande si vous ne devriez pas prendre un bain de pieds chaud ? Comment vous sentez-vous ? Voulez-vous essayer de vous redresser pour boire du thé ?

Elle reprit le thermomètre et l'étudia.

Qwilleran commençait à se sentir redevenir lui-même. Il se redressa dans une position assise, sans aide. Il but le thé et poussa un gros soupir, puis il prononça ses premières paroles :

— *Pour cette aide, mille mercis, car il fait très froid.*

— Dieu soit loué ! s'écria-t-elle, en riant, vous êtes en vie. Quelle peur vous m'avez faite ! Mais vous allez bien. Quand vous citez Shakespeare, je sais que tout va bien.

Elle jeta ses bras autour de son cou et nicha sa tête dans le creux de son épaule. Au même instant le courant fut coupé. La moitié du comté de Moose et le petit cottage furent plongés dans l'obscurité.

CHAPITRE TREIZE

VENDREDI VINGT-DEUX NOVEMBRE. Qwilleran ouvrit les yeux dans une petite chambre brillamment éclairée.

— Réveillez-vous, Qwill. Réveillez-vous ! Venez voir ce qui arrive. C'est féerique !

Une femme en robe de chambre bleue se tenait près de la fenêtre et regardait dehors avec une expression émerveillée.

— Nous avons eu une tempête de neige.

Il fut lent à se réveiller. Il se souvint vaguement de la nuit précédente. Polly, son petit cottage, le blizzard.

— Ne restez pas là, Qwill, venez voir, c'est magnifique !

— Vous êtes magnifique, dit-il, la vie est magnifique.

Il faisait frais dans la chambre, bien que le ronronnement réconfortant de la chaudière indiquât que le chauffage fonctionnait. Qwilleran s'extirpa du lit et se drapa dans une couverture pour rejoindre Polly à la fenêtre.

Ce qu'il vit fut un paysage enchanteur,

éclairé par un pâle soleil de novembre. Le vent s'était calmé. La campagne était silencieuse et tout était recouvert d'un mince film de givre. Les champs étaient métamorphosés en nappes argentées. Chaque branche d'arbre, chaque rameau, chaque brindille était stylisé et souligné par un fil brillant.

— Je ne peux croire que nous avons eu un violent blizzard, la nuit dernière, dit-il, je ne peux croire que je me suis perdu dans ce désert blanc...

— Avez-vous bien dormi ?

— Très bien. Et pas à cause de la marche forcée dans la neige, ou parce que j'ai trop mangé... Oh ! quelle est cette bonne odeur ?

— Le café et des scones dans le four, dit-elle.

Les scones étaient fourrés de raisins secs et servis avec de la crème fraîche et de la confiture de groseilles.

— La haie que vous avez longée dans la tempête est constituée de groseilliers plantés par Mr. MacGregor, il y a des années. Il laisse les fermiers des environs les ramasser et ils nous fournissent ensuite des confitures... Quelque chose vous tracasse, Qwill ?

— Mrs. Cobb doit s'inquiéter. Le téléphone fonctionne-t-il ?

— Pas encore. La lumière est revenue depuis une demi-heure.

— Les chasse-neige viennent-ils jusqu'à cette route ?

— Eventuellement, mais nous ne figurons pas sur la liste des priorités. Les rues des villes et les routes nationales passent avant.

— Avez-vous écouté les nouvelles à la radio ?

— Tout est fermé. Les écoles, les magasins, les bureaux. La bibliothèque n'ouvrira pas avant lundi. Toutes les réunions sont annulées. Ils ont pu dégager l'hélicoptère sur le toit de l'hôpital et transporter un malade, ce matin. Beaucoup de voitures ont été abandonnées dans la neige. On a retrouvé le corps d'un homme dans une voiture. Il est mort asphyxié. Avez-vous une pelle dans votre voiture, Qwill ?

Il secoua la tête, d'un air coupable.

— Si vous êtes bloqué, il faut dégager le pot d'échappement afin de pouvoir utiliser le chauffage.

— Si nous devons être bloqués dans la neige, je préfère être ici avec vous que n'importe où ailleurs. C'est si paisible ! Comment avez-vous trouvé cet endroit ?

— Mon mari a été tué sur cette ferme, alors qu'il luttait pour éteindre un incendie de grange, et les MacGregor ont été très bons pour moi. Ils m'ont offert cette maison de gardien, sans loyer.

— Qu'est-il arrivé au gardien ?

— C'est une espèce en voie de disparition. Les fermiers ont des employés qui vivent dans leur maison en ville, maintenant.

— Ne vous inquiétez-vous pas pour votre propriétaire par un temps pareil ?

— Il est en Floride. Son fils l'a conduit à l'aéroport mardi. Je dois nourrir son oie pendant l'hiver.

La cuisine était soudain silencieuse. Le thermostat avait arrêté la chaudière. Le réfrigérateur ne dégivrait plus. Puis le silence intérieur et extérieur fut rompu par un lointain bruit de moteur.

— Le chasse-neige ! s'écria Polly. C'est extraordinaire !

Par la fenêtre, ils aperçurent une averse de neige soufflée jusqu'en haut des arbres par le chasse-neige, puis le véhicule lui-même apparut, suivi par un tracteur et par la voiture du shérif. Le convoi s'arrêta devant la ferme et le tracteur s'aventura dans l'allée, ouvrant la voie à la voiture du shérif. Quelqu'un frappa à la porte :

— Mr. Qwilleran est-il là ?

Celui-ci se présenta en personne.

— Ma voiture est dans le fossé, quelque part sur la route.

— Nous l'avons repérée, dit l'assistant du shérif. Je peux vous ramener en ville... si vous désirez rentrer, ajouta-t-il, en voyant la silhouette en déshabillé bleu.

Qwilleran tourna un visage déçu vers Polly :

— Il vaut mieux que je parte. Puis-je vous laisser ?

Elle acquiesça.

— Je vous téléphonerai dès que la ligne sera rétablie.

L'assistant shérif se détourna poliment pour ne pas gêner les au revoir. En retournant à Pickax, Qwilleran déclara :

— Je suppose que c'était la Grande Tempête ?

— Ouais.

— Y a-t-il beaucoup de dégâts ?

— Pas plus que d'habitude.

— Comment m'avez-vous trouvé ?

— Nous avons reçu des appels téléphoniques à votre sujet du maire de Pickax, du chef de la police et du responsable des routes.

Il décrocha son téléphone portatif :

— Voiture 94, au quartier général. Nous l'avons retrouvé.

Pickax, la ville de la pierre de taille grise, était maintenant recouverte d'une couche blanche. Le square avait l'air d'un gâteau de Noël. A la Résidence K, chaque fenêtre était soulignée de quelques centimètres de neige et Mr. O'Dell faisait fonctionner son chasse-neige pour dégager les allées. Mrs. Cobb accueillit Qwilleran avec un sentiment visible de soulagement :

— J'étais folle d'inquiétude en raison de la conduite des chats, dit-elle. Ils savaient qu'il s'était passé quelque chose de grave. Koko a miaulé toute la nuit.

— Où sont-ils maintenant ?

— Endormis d'épuisement en haut du réfrigérateur ! Je n'ai pas fermé l'œil de la nuit. Il a commencé à neiger juste après votre départ, et j'ai craint que vous ne vous soyez perdu ou que vous ne soyez immobilisé. Le téléphone ne fonctionnait plus, mais dès que la ligne a été rétablie, j'ai alerté tous ceux que je connaissais et même le maire.

— Mrs. Cobb, vous tremblez ! Asseyez-vous et prenons une tasse de thé. Je vous raconterai mes mésaventures.

Quand il eut terminé, elle dit :

— Les chats avaient donc raison. Ils savaient que vous étiez en danger.

— *Tout est bien qui finit bien*, comme dirait... Koko ! Je vais appeler le garage de Hackpole pour lui demander d'aller chercher ma voiture. Et pour le mariage, tout se passe-t-il selon les prévisions?

— Eh bien... dit-elle, sur un ton incertain, en baissant les yeux.

— Quelque chose ne va pas?

— Eh bien... Herb a commencé à dire qu'il ne voulait plus que je travaille, quand nous serions mariés... du moins pas au musée. Il pense que je devrais rester à la maison et... et...

— Et quoi?

Elle se mordit les lèvres :

— Et faire sa comptabilité.

— Quoi! s'exclama Qwilleran. Perdre toutes vos années d'expérience et de savoir? Cet homme est fou.

— Je lui ai dit qu'il n'y aurait pas de mariage si je ne pouvais travailler au musée, déclara-t-elle, sur un ton de défi.

— Bravo! Il faut du courage pour lui avoir tenu tête. Je suis heureux que vous l'ayez fait.

Il savait à quel point elle désirait un foyer et un mari. Pas seulement un homme, mais un mari.

— Quoi qu'il en soit, il a cédé, aussi je pense que tout ira bien. Ma toilette de mariée est arrivée. Elle est en daim rose, c'est ravissant! C'est mon fils de Saint Louis qui me l'a envoyée et il n'y a pas eu besoin de faire la moindre retouche. Il serait venu pour le mariage si le trafic aérien n'était aussi perturbé. De plus, ils attendent leur bébé d'un jour à l'autre, maintenant. J'espère que ce sera un garçon.

Qwilleran préférait ignorer les détails domestiques, mais une fois lancée, sa gouvernante n'arrêtait plus.

— Susan Exbridge sera en gris. J'ai commandé des boutonnières de roses pour les dames et des boutons de roses pour vous et Herb.

— Je sais que vous ne désirez pas de réception, dit Qwilleran, mais nous ouvrirons une bouteille de champagne en l'honneur des nouveaux époux.

— C'est ce que prévoyait Susan. Elle apportera du caviar et des steaks tartares.

A ces mots, deux têtes ensommeillées se redressèrent en haut du réfrigérateur. Qwilleran retint un sarcasme en pensant à Hackpole portant un bouton de rose à la boutonnière et à sa réaction devant du caviar et de la viande crue.

— Que penseriez-vous d'une musique de fond? suggéra-t-il, nous pourrions mettre une cassette sur l'appareil stéréo.

— Oh! ce serait charmant. Pouvez-vous choisir quelque chose, Mr. Q.?

— Je vais m'en occuper. Où souhaitez-vous que la cérémonie ait lieu?

— Au salon, devant la cheminée. Laissez-moi vous montrer ce que j'ai en esprit.

Ils quittèrent la cuisine, suivis par les siamois qui aimaient participer à toutes les conférences domestiques.

— Nous pourrions nous tenir en face du magistrat à travers une petite table, dit Mrs. Cobb. Le feu serait allumé dans la cheminée pour créer une ambiance confortable et nous poserions un bouquet de roses, nouées par un ruban rose, sur la table.

Au même moment, il y eut un grognement déchirant derrière eux. Koko faisait le gros dos, montrant les crocs, la queue gonflée. Ses oreilles et ses moustaches étaient couchées en arrière et ses yeux avaient un regard mauvais.

— Seigneur! Qu'y a-t-il? s'écria Mrs. Cobb.

— Il se tient sur le motif de roses du tapis, dit Qwilleran. Il l'évite toujours.

— Il peut se vanter de m'avoir fait une belle peur!

— Il a une crise de nerfs ou bien il a vu un fantôme, dit Qwilleran.

Mais il ressentit un désagréable frémissement sur sa lèvre supérieure et il se frotta la moustache avec vigueur. Le chat se calma et, en revenant à la cuisine, Mrs. Cobb confia :

— Je suis si heureuse que vous m'ayez fait venir à Pickax, Mr. Q. Ce fut une si prodigieuse expérience et j'ai rencontré Herb. Je vais me marier au milieu de toutes ces jolies choses que j'aime. Je vous en suis très reconnaissante.

— Vous avez beaucoup travaillé, Mrs. Cobb, et vous méritez ce qui vous arrive. Etes-vous sûre de ne pas vouloir prendre une semaine de congé?

— Non. Nous allons seulement dîner à l'hôtel de Pickax et nous passerons la nuit dans leur merveilleuse suite nuptiale. Nous ferons un voyage de noces au printemps. Herb veut m'emmener pêcher, au nord du Canada.

Qwilleran ne pouvait pas plus l'imaginer s'exerçant à la pêche au lancer qu'il ne voyait Hackpole dormir entre les draps de satin rose de l'hôtel.

— Mais vous pourriez prendre une semaine tout de suite pour vous reposer et vous détendre.

— Eh bien, dit-elle, en s'excusant presque, il

y a une réunion du comité, lundi, sur la façon de décorer l'arbre de Noël, et, dimanche soir, il y aura le concert du *Messie* et la réception en costume. Je ne voudrais manquer ce spectacle pour rien au monde.

– Qu'en pense Herb?

– Ça lui est égal. Il a un bon film à la télévision, dimanche soir.

Qwilleran avait des doutes sur le succès de ce mariage et ceux-ci se renforçaient de plus en plus. Il avait l'impression d'être un fameux hypocrite pour accepter d'être le témoin d'un homme qu'il détestait, mais il le ferait pour Mrs. Cobb. Après tout, c'était son choix. Elle avait toujours été si généreuse de son temps et n'épargnait ni sa peine, ni ses efforts, toujours dans la bonne humeur... elle avait un tel désir d'être approuvée et était si embarrassée en recevant des louanges... elle était si savante dans sa partie et si crédule dans ses émotions... si prête à faire plaisir et à se plier aux souhaits des autres, en particulier s'il s'agissait d'un homme ayant des muscles et des tatouages.

– Vous tremblez encore, Mrs. Cobb, dit-il, c'est l'excitation et le manque de sommeil. Montez vous reposer. Je vais m'occuper des chats et j'irai dîner dehors. Ne préparez aucun repas demain. C'est le jour de votre mariage.

Elle le remercia avec effusion et se retira dans son appartement. Qwilleran entra dans la bibliothèque pour choisir la musique de noces. Bach pendant la cérémonie et Schubert avec le champagne et le caviar. Koko le suivit et scruta chaque cassette, reniflant certaines, posant une patte indécise sur d'autres.

— Un chat bibliothécaire est déjà assez pénible, lui dit Qwilleran, je t'en prie, nous n'avons pas besoin d'un chef d'orchestre félin.

— Nyk, nyk, nyk, rétorqua Koko, avec irritation, en aplatissant une oreille sur le côté.

Le téléphone sonna et une voix mélodieuse fit frissonner Qwilleran de délice.

— L'amicale compagnie du téléphone a rétabli la ligne chez les paysans de MacGregor Road.

— Je pensais à vous, Polly. Je pensais à tout ce qui m'est arrivé.

— Tout s'est bien terminé, Qwill, mais je frémis encore en songeant à vous, perdu dans cette blancheur environnante.

— J'ai beaucoup frémi moi-même, mais peut-être pas pour les mêmes raisons. Quand nous reverrons-nous ?

— J'aimerais pouvoir venir pour le concert, dimanche soir.

— Pourquoi ne viendriez-vous pas avec une valise pour la nuit ? Si vous essayez de repartir, après le concert, vous risquez de tourner en rond jusqu'à lundi matin. Ici vous n'auriez qu'à choisir entre la suite anglaise, Empire ou Biedermeier.

— Je crois que j'aimerais assez la suite anglaise. J'ai toujours eu envie de dormir dans un lit à baldaquin.

— Yao ! dit Koko.

En reposant doucement le récepteur, Qwilleran déclara :

— Occupe-toi de tes affaires, jeune homme !

CHAPITRE QUATORZE

SAMEDI VINGT-TROIS NOVEMBRE. « Ciel nuageux et nouvelle chute de neige », prédit l'annonceur, à la radio. Néanmoins le soleil était là et la ville brillait sous sa couverture blanche. La neige restait immaculée à Pickax.

Lorsque Qwilleran entra dans la Résidence K pour préparer le déjeuner des chats, Mrs. Fulgrove et Mr. O'Dell étaient déjà à pied d'œuvre.

— Belle journée pour un mariage, remarqua-t-il.

— Bien sûr, quand on en arrive au mariage, le diable s'occupe du temps, dit le vieil homme. Lorsque je me suis marié, le tonnerre grondait, la pluie tombait à flots et les chiens hurlaient, mais au cours des quarante-cinq années que nous avons passées ensemble, il n'y a jamais eu un mot de colère entre nous et, quand elle m'a quitté, elle est partie comme un petit oiseau, sans souffrir ni verser la moindre larme.

Mrs. Cobb était nerveuse. Sans repas à préparer, ni gâteaux à faire cuire, elle errait sans but dans la maison, attendant l'heure de son rendez-vous avec le coiffeur. Les chats étaient nerveux, eux aussi, sentant une agitation inusitée. Ils se promenaient sans arrêt et Koko parlait tout seul avec des Yao, des Iks et faisait tomber un livre d'une étagère de temps en temps. Qwilleran fut heureux de s'éclipser. A deux heures, il devait interviewer Sarah Woolsmith.

La fermière, âgée de quatre-vingt-quinze ans, était pensionnaire depuis longtemps du service gériatrique de l'hôpital de Pickax. Ces deux bâtiments modernes semblaient incongrus dans une ville faite d'imitations de châteaux et de forteresses.

La directrice reçut Qwilleran.

— Mrs. Woolsmith vous attend dans la salle de lecture. Vous y serez seuls, mais s'il vous plaît, limitez votre entretien à quinze minutes. Elle se fatigue vite. Elle attend cette visite avec impatience. Peu de gens se soucient d'écouter les personnes âgées parler du bon vieux temps.

Dans la salle de lecture, il trouva une petite femme frêle, enveloppée dans un châle de laine. Assise dans un fauteuil roulant, elle agitait les mains avec nervosité. Une aide bénévole l'accompagnait.

— Chère Sarah, voici Mr. Qwilleran, dit-elle, en parlant lentement et d'une voix claire, il est heureux de vous rendre visite.

A mi-voix, elle ajouta :

— Elle a quatre-vingt-quinze ans et a encore presque toutes ses dents, mais sa vue n'est pas bonne. C'est une chère âme et nous l'adorons. Je vais m'asseoir près de la porte et je vous préviendrai quand le temps de la visite sera terminé.

— Où sont mes dents? demanda brusquement Mrs. Woolsmith.

— Votre appareil est dans votre bouche, chère Sarah, et vous êtes charmante avec ce nouveau châle.

Elle pressa le bras de la vieille dame et se retira. Sans perdre de temps en préliminaires, Qwilleran attaqua :

— Voulez-vous me dire comment était la vie dans une ferme, du temps de votre jeunesse, Mrs. Woolsmith? Je vais brancher une cassette enregistreuse.

L'interview suivante fut plus tard retranscrite :

Question : Etes-vous née dans le comté de Moose?

Je ne sais pas pourquoi vous désirez me parler. J'ai vécu toute ma vie dans une ferme et j'ai élevé mes enfants. Un jour, j'ai eu mon nom dans les journaux, à la suite d'un cambriolage.

Quel genre de culture pratiquiez-vous à la ferme?

C'était dans le journal. Ce cambriolage. J'ai découpé l'article. Il est dans mon sac. Où est mon sac? Prenez-le et lisez l'article. Vous pouvez le lire à haute voix, j'aime bien l'entendre.

Sarah Woolsmith, soixante-cinq ans, de Squunk Corners, était assise seule chez elle, occupée à tricoter un pull-over, jeudi dernier à onze heures du soir, quand un homme portant un mouchoir sur le visage a fait irruption et a dit : « Donnez-moi tout votre argent, j'en ai besoin. » Elle lui donna les dix-huit dollars et soixante-

quinze cents qu'elle avait dans son porte-monnaie et il s'en alla à pied, sans lui faire de mal, à la surprise générale.

J'avais l'habitude de tricoter en ce temps-là. Nous avions sept enfants, John et moi, dont cinq garçons. Deux ont été tués à la guerre. John est mort au cours de la Grande Tempête de 1937. Il voulait faire rentrer les vaches dans l'étable et il est mort de froid. Quinze vaches sont mortes de la même façon, ainsi que tous les poulets. Les hivers étaient rudes, en ce temps-là. J'avais une couverture électrique. Avez-vous une couverture électrique ? Quand j'étais jeune fille, nous couchions sous un gros édredon de plume, mes sœurs et moi. Le matin, nous levions les yeux pour regarder le givre au plafond. C'était joli. Ça brillait. Il y avait de la glace dans le broc, lorsque nous versions l'eau pour notre toilette. Parfois, nous prenions froid. 'Man nous frottait le dos avec de l'huile de sconse et de la graisse d'oie. Nous n'aimions pas ça (rires). Mon frère tirait sur les lapins de garenne, moi je leur courais après et je les attrapais. 'Pa était fier de moi. Il n'avait pas de cheval. Il attachait 'Man à la charrue et ils labouraient les champs. Je n'allais pas à l'école. J'aidais 'Man à la cuisine. Un jour, elle a été malade et je dus faire la cuisine pour seize personnes. J'étais à peine aussi haute que ça. C'était l'époque de la récolte. Il y avait tous les voisins. Les voisins s'entraidaient en ce temps-là.

Aviez-vous du temps pour...

Nous autres les femmes, nous lavions le linge dans de grands baquets et nous fabriquions notre propre savon. Je faisais aussi du vinaigre et du beurre. Nous remplissions les oreillers avec du duvet de poulet. Nous en avions beaucoup (rires). Une fois par semaine nous allions en ville en carriole pour chercher le courrier et nous rapportions du sucre d'orge que nous payions un penny. J'ai épousé John et nous avons eu une grande ferme, avec des vaches, des chevaux, des cochons et des poulets. Nous engagions des ouvriers agricoles pour écraser le grain. On les payait un nickel l'heure. Les queues-blanches venaient manger notre blé. Un jour, nous avons été envahis par un vol de sauterelles qui ont tout mangé, jusqu'au linge qui pendait à une corde (rires). Les garçons des voisins travaillaient douze heures par jour...

Quel souvenir gardez-vous de...

Nous ne fermions jamais les portes. Les voisins entraient et empruntaient une tasse de sucre. C'est le fils d'un voisin qui m'a pris mon argent. Je savais que c'était lui, mais je ne l'ai pas dit à la police. J'avais reconnu sa voix. Il venait parfois travailler à la ferme.

Pourquoi ne l'avez-vous pas dénoncé à la police?

Son nom était Basil. J'ai eu pitié de lui. Son père était en prison. Il avait tué un homme.

La victime n'était-elle pas un membre de la famille Goodwinter?

J'ai regardé par la fenêtre, quand il est parti après avoir pris mon argent. Il y avait clair de lune. Je l'ai vu courir à travers notre champ de pommes de terre. Je savais où il se dirigeait. Le train de marchandises s'arrêtait à Witertown pour faire de l'eau. On l'entendait siffler à trois kilomètres. Les garçons qui voulaient se sauver sautaient souvent dans ces trains de marchandises au moment où ils ralentissaient. L'un d'eux est tombé sur la voie et a été écrasé. Je n'ai jamais pris le train.

Fin de l'interview.

L'aide bénévole interrompit le monologue de Mrs. Woolsmith.

— Il est l'heure, petite mère. Dites au revoir au monsieur. Nous allons monter faire notre petite sieste.

La vieille dame tendit une main tremblante et Qwilleran la serra avec chaleur en s'émerveillant que des doigts si fragiles aient pu traire des vaches, frotter le linge, baratter le beurre, biner les pommes de terre.

L'aide bénévole le suivit jusqu'à l'entrée.

— Sarah se souvient de tout ce qui s'est passé il y a soixante-quinze ans, dit-elle, mais elle oublie les événements récents. Au fait, je suis Irma Hasselrich.

— Etes-vous parente de l'attorney qui s'occupe du trust Klingenschoen ?

— C'est mon père. Il était procureur, quand Zack Whittlestaff a été accusé du meurtre de Titus Goodwinter. Le fils de Zack, qui s'est enfui après avoir volé Sarah, est revenu des années plus tard et il lui a rendu les dix-huit dollars et soixante-quinze cents, mais elle ne s'en souvient pas. Il lui envoie des chocolats tous les ans pour Noël. Il a finalement très bien réussi dans la vie. Il a changé de nom, bien entendu. Si je m'appelais Basil Whittlestaff, j'en changerais aussi, ajouta-t-elle en riant. Il vend des voitures d'occasion et dirige un garage. Il est têtu comme une mule, mais il fait du bon travail.

Qwilleran retourna chez lui se changer pour le mariage. Il attendait ce moment sans aucun plaisir. Il avait été le témoin de Arch Riker, vingt-cinq ans plus tôt, alors qu'ils étaient jeunes, un peu fous et pas toujours sobres. Ce jour-là, en tendant l'alliance au marié, d'un geste maladroit, il l'avait fait tomber et il avait été obligé de se baisser pour la ramasser au plus grand amusement des deux cents invités. Et maintenant il allait être le témoin de Basil Whittlestaff!

A cinq heures, le crépuscule de novembre avait teinté la blancheur neigeuse de Pickax d'un nuage bleu. A la Résidence K, les rideaux étaient tirés, les lustres de cristal éclairés et Mr. O'Dell avait allumé un feu de cheminée qui égayait le salon. La grande horloge de l'entrée sonna cinq coups. Mr. O'Dell plaça une cassette dans l'appareil stéréo et les accords solennels d'un prélude de Back pour orgue retentirent à travers la maison.

Au salon, le magistrat était debout, devant la cheminée. Il y eut un moment de suspense, puis la mariée et son témoin apparurent en haut de la balustrade et commencèrent une descente pleine de dignité.

D'habitude, Mrs. Cobb portait un pantalon et un pull-over vague, et elle était presque élégante dans son costume tailleur en daim rose. Susan Exbridge avait toujours l'air d'être un mannequin vêtu à la dernière mode.

Lorsque les futurs époux et les témoins se placèrent devant le magistrat, celui-ci avait le visage rougi par le feu qui crépitait derrière lui. A sa droite et à sa gauche se tenaient les deux siamois, indignés que leur territoire devant le feu eût été usurpé par un étranger.

Qwilleran était mal à l'aise. Hackpole agitait ses doigts avec nervosité et le magistrat s'essuya le front avant de commencer le bref rituel :

— Nous nous rassemblons pour unir cet homme et cette femme...

En dépit de la majesté tranquille de la pièce, l'atmosphère était tendue.

— ... Si quelqu'un voit une juste raison pour que cette union ne puisse être légalement poursuivie, qu'il parle maintenant ou se taise à jamais...

— Yao! dit Koko.

Hackpole fronça les sourcils, les deux femmes étouffèrent un petit rire nerveux et Qwilleran eut une réaction mitigée d'amusement et d'appréhension.

Herbert accepta de prendre Iris pour femme et Iris accepta de prendre Herbert pour époux. Puis vint le moment de tendre l'alliance. C'était à Qwilleran d'agir. La bague était dans sa poche et il la chercha. Dans la mauvaise poche. Ah! la voilà! Puis il se déshonora définitivement. L'alliance lui échappa des doigts et roula sur le tapis.

Comme un éclair, Yom Yom se jeta dessus. La voleuse attitrée de la Résidence Klingenschoen, attirée par tout ce qui brillait, emporta son trésor sous une table chinoise, avec Qwilleran à ses trousses. Elle se sauva ensuite dans le vestibule, poussant l'alliance d'une patte agile et la rattrapant de l'autre. Elle finit par la glisser sous le tapis d'Anatolie où Qwilleran put l'intercepter. A une vitesse record, le magistrat en sueur termina la cérémonie :

— Je vous déclare mari et femme.

Hackpole donna un baiser embarrassé à la mariée, tandis que les autres les entouraient en présentant leurs félicitations et leurs vœux de bonheur.

Les notes pleines d'entrain de la musique de Schubert convenaient à l'occasion et Mrs. Fulgrove, accompagnée de Mr. O'Dell, apporta des plateaux contenant des flûtes à champagne et des canapés.

Un verre de jus de raisin à la main, Qwilleran proposa un toast au bonheur des nouveaux mariés. Le moment de célébration fut bref. Le magistrat but son champagne et se retira en vitesse. La nouvelle Mrs. Hackpole entraîna son mari dans le vestibule pour lui montrer la lourde armoire allemande sculptée.

— J'espère qu'elle sera heureuse, dit Qwilleran à Susan Exbridge. Hélas, j'ai confirmé ma réputation de pire témoin dans toute l'histoire du mariage !

— Mais Koko s'est bien tiré de ses fonctions, dit-elle. Sa déclaration au moment opportun a rompu la tension.

Les Hackpole revinrent de leur brève aparté et exprimèrent leur désir de se retirer. Le mari faisait sauter ses clefs de voiture et poussait son épouse vers la porte de service.

— Attendez une minute, dit Qwilleran, donnez-moi vos clefs, je vais conduire votre voiture devant la grande porte. Nous ne vous jetterons pas de riz, mais vous partirez en grand équipage.

— Nous avons deux voitures, objecta Hackpole, la sienne est au garage.

— Vous viendrez la chercher demain. On n'a jamais vu de nouveaux mariés partir en voitures séparées !

Qwilleran et Susan assistèrent au départ des époux pour la suite nuptiale du Nouvel Hôtel de Pickax.

— Eh bien ! les voilà partis, pour le meilleur ou pour le pire, dit Qwilleran.

Susan accepta son invitation à dîner chez Stéphanie où des chandelles brillaient sur les tables recouvertes de nappes tombant jusqu'au sol. L'éclairage et la musique créaient une atmosphère romantique. C'était le soir avant la création de l'oratorio du *Messie* et ils discutèrent des plans pour le gala de la réception qui suivrait le concert.

— Les jumeaux Fitch vont faire des enregistrements vidéo, dit Susan.

Qwilleran approuva.

— Dire que les gens du Pays d'En-Bas refusent de croire qu'il existe des activités culturelles dans ce pays reculé !

— Ils considèrent que nous sommes le Luxembourg du centre-nord des Etats-Unis, dit Susan avec autorité. Et laissez-moi vous parler de la surprise que nous préparons pour le public. Savez-vous d'où vient la tradition de se lever pendant le chœur de l'alléluia ?

— J'ai entendu dire que le roi d'Angleterre

avait été si impressionné, lorsqu'il l'entendit pour la première fois, qu'il se leva. Et quand le roi est debout, tout le monde se lève. N'est-ce pas la légende ?

— C'est exact. Elle remonte à 1742. Eh bien, le roi George assistera au concert, demain soir, avec toute la cour royale en costume du XVIIIe siècle. Notre troupe théâtrale est en train de tout monter. Vous devriez vous joindre au groupe, Qwill. Vous avez la voix et la prestance pour faire un bon acteur. Nous pourrions monter Bill, Book et Candle et Koko jouerait Pyewacked.

— Je doute que Koko accepte de jouer un chat. C'est un insupportable snob. Il voudrait plutôt interpréter le rôle principal de Richard III.

Après cette cérémonie de mariage qu'il avait trouvée déprimante, le dîner avec Susan se révéla un agréable moment. Il lui offrit un bouquet de roses et elle le remercia avec un baiser de théâtre. Pendant un moment, il oublia son regret de perdre une gouvernante et sa désapprobation du choix du mari. Ou, du moins, il l'oublia jusqu'au moment où il procéda à son contrôle habituel des fermetures de la maison, avant de se retirer dans son propre appartement. Il trouva un mince volume sur le tapis de la bibliothèque. C'était un exemplaire d'*Othello* et la citation la plus connue lui revint à l'esprit :

Oui, vous aurez l'obligation de parler d'un homme qui n'aima pas sagement, mais qui aima trop bien.

En transportant les siamois dans le panier en

osier à travers la cour, il se souvint d'un autre vers et sa moustache tressaillit :

Tuez-moi demain, laissez-moi vivre cette nuit.

CHAPITRE QUINZE

DIMANCHE VINGT-QUATRE NOVEMBRE. Cinq centimètres de neige supplémentaire tombèrent durant la nuit. Tandis que Qwilleran transportait le panier en osier dans la maison principale, le dimanche matin, il entendit sonner les cloches en bronze dans le beffroi de la Vieille-Eglise-de-Pierre, annonçant le service du matin. Mr. O'Dell, qui avait assisté à une messe plus matinale, s'activait avec le chasse-neige pour dégager le terrain.

– Je nettoie l'allée et le parking pour la réception de ce soir, dit-il. Je ne crois pas qu'il neigera davantage, aujourd'hui.

Qwilleran monta le thermostat et préparait le déjeuner des chats quand il entendit du bruit. La porte de service s'ouvrit et se referma. Ce devait être Mr. O'Dell qui venait prendre une boisson chaude. Personne ne se présenta, mais il entendit un sanglot étouffé et alla voir ce qui se passait.

– Mrs. Cobb ! s'exclama-t-il, que faites-vous là ? Que vous est-il arrivé ?

Son visage poupin était hagard et dénué de toute couleur, ses cheveux ébouriffés. Elle se tenait sans forces contre la porte. En voyant Qwilleran, elle éclata en sanglots et se couvrit le visage de ses deux mains. Il la conduisit dans la cuisine et la fit asseoir.

— Comment êtes-vous venue ici ? Vous avez dû marcher dans la neige… où sont vos bottes ?

— Je ne sais pas, dit-elle en pleurant. Je me suis sauvée… il fallait que je m'enfuie.

— Que s'est-il passé ? Pouvez-vous me le dire ?

Il lui retira ses chaussures légères et lui essuya les pieds avec une serviette. Elle secoua la tête et un sanglot se termina en gémissement.

— J'ai commis… une erreur fatale !

— Je ne comprends pas, Mrs. Cobb, ne pouvez-vous m'expliquer ce qui s'est passé ?

— C'est un monstre ! J'ai épousé un monstre ! Ah ! que vais-je devenir ?

Elle secoua la tête en répandant un torrent de larmes. Qwilleran lui tendit une boîte de kleenex.

— A-t-il abusé de vous… physiquement ?

— Oh ! oh !… je ne peux pas parler, c'est trop affreux !

Elle se prit la tête entre les mains et sanglota convulsivement.

— A-t-il beaucoup bu ?

Elle murmura un « oui » tremblant.

— Je vais vous faire une tasse de thé.

— Je ne peux pas… je ne pourrais rien avaler. J'ai vomi toute la nuit.

— Vous devriez au moins boire un verre d'eau. Vous êtes probablement déshydratée.

— Je vais la rejeter.

— Alors je vais appeler le médecin.

Il composa le numéro personnel du Dr Halifax et l'infirmière qui s'occupait de l'épouse invalide du médecin répondit que celui-ci était à la messe.

Qwilleran sortit en courant pour appeler Mr. O'Dell :

— Une urgence ! Courez à la Vieille-Eglise-de-Pierre et ramenez le Dr Halifax le plus vite possible.

— Je vais prendre le scooter des neiges, dit Mr. O'Dell que rien ne surprenait jamais.

Il s'éloigna avec le véhicule à deux places, montés sur skis, et Qwilleran retourna dans la cuisine où il trouva Koko qui se frottait contre les chevilles de Mrs. Cobb. Lorsqu'elle baissa la main pour le toucher, il sauta sur ses genoux. Elle le serra contre elle, ce qu'il accepta en secouant les oreilles quand une larme glissa sur lui.

Dès que la machine bruyante revint, Qwilleran se précipita vers la porte de service.

— Vous avez bien choisi votre moment, dit le vieux médecin. Vous m'avez envoyé chercher juste avant la quête. Que se passe-t-il ?

Qwilleran lui donna quelques brèves explications et le laissa entrer seul dans la cuisine. Il revint presque aussitôt en déclarant :

— Mieux vaut la conduire à l'hôpital. Où est votre téléphone ? Je vais demander une chambre privée.

— J'ignore ce qui s'est passé, dit Qwilleran à voix basse, mais son mari va peut-être la chercher. Vous devriez indiquer que les visites sont interdites.

Puis il aida le médecin à conduire la patiente vers la porte de service.

— J'aurai besoin de certaines choses, dit-elle, d'une voix faible.

— Je vais vous faire préparer une valise que l'on vous portera à l'hôpital. Ne vous inquiétez pas, Mrs. Cobb!

Il ne se résoudrait jamais à l'appeler Mrs. Hackpole. Avant de sortir, il appela Mr. O'Dell :

— Pendant mon absence, voulez-vous attendre Mrs. Fulgrove à la sortie de la messe? Demandez-lui de préparer quelques effets personnels de Mrs. Cobb pour un bref séjour à l'hôpital.

Le court trajet en voiture se fit en silence.

— Quel tracas je vous donne! soupira Mrs. Cobb.

— Pas du tout. Vous avez bien fait de revenir à la maison.

Lorsqu'il revint de l'hôpital, Mrs. Fulgrove s'agitait, toute remplie de son importance :

— J'ai mis dans la valise tout ce à quoi j'ai pu penser, ce qui n'est pas facile, attendu que je ne suis jamais allée à l'hôpital moi-même, Dieu en soit loué. Mais j'ai mis ce que je jugeais nécessaire, y compris la petite radio portative. J'ai cherché une bible, mais je ne l'ai pas trouvée, alors j'ai mis la mienne en espérant qu'elle y trouvera un réconfort.

— Mrs. Cobb vous a-t-elle demandé de venir, ce soir, à la réception?

— En effet, mais en considérant que c'est dimanche et que je ne travaille pas le jour du Seigneur, j'ai refusé d'être payée. Je serai quand même heureuse de prêter mon assistance, d'autant plus que cette pauvre âme est malade et que je suis en bonne santé.

Qwilleran pria Mr. O'Dell de porter la valise de Mrs. Cobb à l'hôpital.

— Pensez-vous que nous pourrons faire face à la réception sans elle, Mr. O'Dell ?

— Oui. Nous ferons de notre mieux. Les dames du comité offriront leur aide pour servir le punch. Croyez-vous que je doive conduire ces jolis minets chez vous, avant le début de la réception ?

— Non. Les chats aiment les réceptions. Laissez-les dans la maison.

— Quand les dames du club partiront pour le concert, je fermerai et j'irai passer un petit moment à l'église, mais je reviendrai avant la fin. Mrs. Cobb désirait que tous les lustres soient éclairés et que les feux soient allumés dans les cheminées. Dommage qu'elle ne soit pas là pour en profiter. De quoi souffre-t-elle ?

— Une sorte de virus.

Il était près de midi quand le téléphone sonna. Une voix rageuse demanda :

— Où est-elle ? Où est ma femme ?

— Est-ce Mr. Hackpole ? Ne le savez-vous pas ? Elle est à l'hôpital. Elle souffre d'une sorte d'attaque, paraît-il.

Après une explosion de grossièretés l'homme raccrocha.

Lorsqu'il téléphona à l'hôpital dans l'après-midi, Qwilleran apprit que la patiente se reposait calmement, qu'elle se portait bien, mais que le médecin avait interdit toute visite.

Dans l'après-midi Susan Exbridge et les membres de son comité arrivèrent pour préparer le punch et décorer la table. Polly Duncan se présenta en même temps, sa valise à la main. Les deux femmes se saluèrent avec politesse, mais sans chaleur, et les autres membres du comité parurent surprises de voir Polly monter au premier étage.

En allant dîner au Vieux Moulin avec Polly, Qwilleran remarqua :

— J'ai vu que vous connaissiez Susan Exbridge.

— Tout le monde connaît Susan Exbridge. Elle fait partie de toutes les organisations ou est membre de tous les comités.

— Elle pense que je devrais me joindre au groupe théâtral.

— Vous constateriez que cela vous prendrait beaucoup de temps. Si votre désir d'écrire est sérieux, vous auriez un problème.

Elle parlait sur un ton acerbe qui ne lui était pas habituel et Qwilleran s'abstint de mentionner encore Mrs. Exbridge.

Au restaurant les clients attendaient pour avoir une table et Hixie s'efforçait de faire face à la situation. Il lui était impossible de faire un passe-droit, Qwilleran et son invitée durent prendre leur mal en patience. A en juger par les bribes de conversations que l'on entendait, tout le monde devait se rendre au concert et tout le monde était ravi.

— Ma mère chantait dans le chœur du *Messie*, tous les ans pour Noël, dit Qwilleran. Mon passage préféré est l'alléluia, en particulier, quand les temps d'arrêt sont respectés. J'aime la pause de deux secondes, avant le dernier alléluia. Deux secondes de silence, puis l'explosion finale.

Hixie leur tendit les menus en s'excusant. Une petite carte suggérait un « prêt à servir spécial concert ». Sur le menu de Qwilleran une autre carte portait quelques lignes de la main d'Hixie : « Je désire vous parler en particulier. Je vous téléphonerai demain après-midi. »

Peu après six heures et demie, le restaurant se vida et tout le monde se dirigea vers la Vieille-Eglise-de-Pierre. Le sanctuaire était plein à craquer. Tous les bancs étaient occupés ainsi que les chaises dans les nefs latérales. En revanche, les trois premiers rangs étaient réservés et les fidèles se posaient des questions. Une atmosphère d'expectative régnait.

— Voyez-vous un inconvénient à vous asseoir au dernier rang d'un côté de la nef latérale ? demanda Qwilleran à Polly. Je veux partir après la dernière note, afin de pouvoir jeter un coup d'œil au musée, avant l'arrivée des invités.

A sept heures, Mr. O'Dell se glissa sur une chaise, non loin d'eux. Les deux hommes échangèrent un petit salut. Puis les exécutants firent leur entrée. D'abord l'orchestre en costumes gris. Les choristes en perruques poudrées et costumes pastel prirent place à leur tour. Les femmes portaient des fichus en dentelle et des jupes volumineuses, les hommes des hauts-de-chausse, des gilets et de larges cravates. Enfin, les solistes apparurent en costumes de velours chatoyant, provoquant un murmure admiratif dans l'auditoire. Le chef d'orchestre se tourna vers l'assemblée :

— Mesdames et messieurs, que tout le monde se lève en l'honneur de Sa Majesté le roi George II !

Les portes du fond s'ouvrirent, et tandis que l'orchestre jouait l'hymne du couronnement, les membres de la cour firent leur entrée à travers la nef centrale dans une digne procession. Une panoplie de velours rouge, d'hermine, de satin blanc et de damas cramoisi. Après un instant de stupéfaction, des murmures admiratifs s'élevèrent et quelques discrets applaudissements crépitèrent.

Qwilleran chuchota à l'oreille de Polly :

— J'aurais souhaité que ma mère ait pu voir cela. Elle aurait été enchantée.

L'église était célèbre pour son excellente acoustique. Les chœurs étaient très au point, les solistes chantaient et jouaient comme des professionnels. C'était une représentation que Qwilleran n'oublierait jamais pour plus d'une raison. Vers la fin de l'oratorio, Mr. O'Dell se glissa dehors en faisant un petit signe à Qwilleran. L'orchestre entonna les premières mesures de l'alléluia final. Le roi et les membres de la cour se levèrent. L'auditoire les imita, et Qwilleran se laissa emporter par la majesté de la musique et sa propre nostalgie personnelle.

L'alléluia, construit avec une intensité grandissante et une joyeuse célébration, montait crescendo jusqu'au moment dramatique : cette pause de deux secondes dans un silence profond.

Durant cette fraction de temps, Qwilleran entendit un son discordant, celui d'une sirène. Bruce Scott, assis quelques rangs devant lui, se leva et remonta la nef latérale, suivi par deux hommes. Qwilleran étouffa un juron. Quel moment malheureux pour l'intervention de la sirène à incendie!

Le chœur termina l'alléluia et l'aria commença. Près de Qwilleran, une porte s'ouvrit, une main se posa sur son épaule et quelqu'un lui chuchota quelques mots à l'oreille. Il bondit de sa chaise, courut le long de la nef, se retrouva dans le narthex, puis sur le parvis de l'église. De l'autre côté du square, le musée était en flammes.

— Oh! mon Dieu, les chats!

Il traversa la rue au milieu de la circulation, coupa à travers le square en s'enfonçant profondément dans la neige molle. Des flammes rougeoyantes entouraient tout l'immeuble. D'autres sirènes retentirent.

— Les chats! cria-t-il encore.

Des silhouettes vêtues de noir s'agitaient, déroulant les tuyaux et déployant les échelles.

— Reculez! lui cria-t-on.

Le feu avait déjà gagné le deuxième étage. Des vitres explosèrent et des langues de flammes sortirent des fenêtres. Qwilleran voulut forcer le barrage.

— Arrêtez-le! cria une voix.

Des bras puissants le saisirent. Il leva les yeux. Le feu avait gagné le toit. Les échelles étaient dressées. Des vitres éclatèrent sous la pression de la chaleur, dégageant une épaisse fumée noire. Qwilleran serra les poings dans un grognement de défaite impuissante.

CHAPITRE SEIZE

LUNDI VINGT-CINQ NOVEMBRE. Qwilleran tourna le bouton de la radio dans la chambre de son appartement au-dessus du garage. « Nouvelles brèves : le musée Klingenschoen a été entièrement détruit par le feu. Selon les déclarations du chef de la brigade des pompiers, Bruce Scott, l'incendie criminel ne fait aucun doute. Un corps carbonisé a été retrouvé dans l'immeuble, probablement celui de l'incendiaire dont l'identité n'a pas encore été révélée. Trente-cinq pompiers, cinq voitures autopompes et trois voitures à incendie des environs ont répondu à l'appel pour assister les volontaires de Pickax. On ne déplore aucun blessé parmi les pompiers. Nous pouvons espérer des températures plus clémentes, aujourd'hui, et un ciel dégagé. »

– Un ciel dégagé, vraiment ! grogna Qwilleran en fermant la radio.

Il jeta un regard morne sur la scène de désolation qui s'offrait à sa vue sous un ciel gris et bas. La cour était noire de boue et de suie gelées.

Il ne restait qu'un squelette abîmé par la fumée de ce qui avait été la Résidence K. Les fenêtres et les portes étaient arrachées, les murs de pierre renfermaient une montagne de débris calcinés. L'odeur âcre de fumée qui flottait au-dessus des ruines envahissait aussi l'appartement.

Polly vint près de lui et lui prit la main dans un silence plein de sympathie.

— Merci de m'avoir aidé à supporter cette nuit de cauchemar, dit-il. Avez-vous assez chaud ?

Elle portait un des pyjamas de Qwilleran.

— La chaudière ne fonctionne que depuis une heure. Le courant est revenu vers cinq heures du matin. Le téléphone est toujours muet. La dernière voiture des pompiers n'est partie qu'au lever du jour.

Avec un regard sur ce spectacle déprimant, Polly dit :

— Je n'arrive pas à comprendre.

— C'est incompréhensible. Voulez-vous un café ? Je n'ai rien d'autre ici pour déjeuner que des petits pains surgelés. A quelle heure devez-vous aller à la bibliothèque ?

— YA-O-O-O-O !

Un miaulement exigeant venait de s'élever de la pièce voisine.

— Koko a entendu la mention de petit déjeuner, dit Qwilleran, en allant ouvrir la porte de la pièce des chats.

Tous deux firent leur entrée avec des nez frémissants et des queues optimistes.

— Navré, dit-il, la seule odeur ce matin est celle de brûlé. Je n'ai rien à vous offrir. Il faudra attendre que j'aille au ravitaillement. Soyez heureux de vous en être tirés vivants.

— Voici Mr. O'Dell, dit Polly, qui était toujours près de la fenêtre.

— Vous devriez aller vous habiller.

Elle prit ses vêtements et disparut dans la salle de bains au moment où des pas retentissaient dans l'escalier. Qwilleran accueillit le vieil homme sur un ton de circonstance :

— C'est un triste jour, Mr. O'Dell, mais nous vous sommes reconnaissants d'avoir sauvé les chats.

— C'est ce garçon-là qui a tout fait. Il s'est mis à sauter comme un enragé contre la porte du placard aux balais. J'ai fini par l'ouvrir. C'était le panier en osier qu'il voulait. Il a sauté dessus et l'a fait tomber, puis il est entré dedans et a appelé la petite chatte jusqu'à ce qu'elle vienne le rejoindre et ils se sont mis à miauler à l'unisson. Vous vouliez qu'ils restent à la maison, mais ils faisaient un tel raffut que je les ai transportés chez vous, avant de me rendre à l'église pour écouter le concert. C'est un vrai miracle, non?

— Koko savait qu'il allait se passer quelque chose. Il sentait le danger. A-t-on du nouveau sur l'incendiaire? A la radio, on prétend qu'il n'a toujours pas été identifié.

— Eh bien, oui, mon vieil ami Brodie m'a appris son nom, quand je suis passé le voir, ce matin. Il avait lui-même essayé de vous joindre par téléphone.

— La ligne a été coupée toute la nuit. Que vous a dit Brodie?

Le vieil homme secoua la tête avec consternation :

— Je suis vraiment navré pour cette pauvre femme qui est à l'hôpital et qui va apprendre que son nouveau mari est mort brûlé et que c'était un criminel.

Qwilleran garda le silence. C'était bien le genre de vengeance qu'exercerait un tel homme : incendier le musée pour empêcher sa femme de travailler. Il était fou ! Comment avait-il pu espérer s'en tirer ?

— J'étais là quand on l'a emporté. Il était aussi noir qu'une saucisse brûlée...

— Epargnez-moi les détails. C'est à Mrs. Cobb qu'il faut penser. Nous savons tous combien le musée comptait pour elle.

— Y a-t-il quelque chose que je puisse faire ?

— Prenez cet argent, commandez des fleurs et faites-les livrer à l'hôpital... surtout pas de roses. Attendez une minute, je vais écrire un mot.

Mr. O'Dell s'en alla et Polly sortit de la salle de bains, dans la toilette habillée qu'elle portait pour le concert.

— Ce n'est pas ce que j'ai l'habitude de mettre pour travailler. Comment puis-je expliquer que j'ai perdu ma valise dans l'incendie du musée ?

— Je suis désolé pour cette valise, Polly.

— Je déplore surtout la perte des quatre mille livres.

— C'est la bibliothèque que je regretterai le plus. Il n'y a qu'une seule chose qui a été sauvée. Lorsqu'on a livré le bureau à cylindre que j'ai acheté à la vente, j'ai demandé aux déménageurs de transporter le cadeau de noces de Mrs. Cobb dans le garage, si bien que la *Schramk* de Pennsylvanie a été épargnée et se trouve à l'abri avec le bureau d'Ephraïm Goodwinter.

Le téléphone carillonna. Une sonnerie agréable après des heures de silence.

— Allô ?... La ligne était coupée, Dr Hal... Comment va-t-elle ?... C'est triste, mais il y a pire. L'incendiaire a été identifié... Ah ! vous savez déjà. Pensez-vous que ce serait une bonne idée d'aller lui parler ?... Entendu. Je vous tiendrai au courant.

Il posa le récepteur et le regarda pensivement.

— Mrs. Cobb se remettait, mais elle a écouté la radio et appris les nouvelles de l'incendie. Elle a eu une crise de nerfs.

Polly partit travailler et le téléphone continua à sonner. Des amis, des associés, des étrangers appelaient pour exprimer leur indignation et offrir leur sympathie. Des curieux voulaient savoir comment le feu avait pris et pourquoi. Dans la grande rue, des files de voitures défilaient pour passer devant les ruines fumantes. L'appel de Junior Goodwinter fut plus inattendu :

— Qwill ! Je ne peux y croire ! Francesca a téléphoné à Jody. Elle lui a dit qu'on avait pu identifier le coupable.

— C'est Hackpole, l'un de vos pompiers bénévoles.

— Il ne faisait plus partie de la brigade depuis le printemps dernier. On l'avait renvoyé pour infraction aux règles. A plusieurs reprises, il s'était présenté en état d'ivresse caractérisée.

— J'ai été navré d'apprendre l'accident de votre mère, Junior. C'est un coup dur.

— Oui, je sais. Que dire ?

— On n'a rien annoncé pour les funérailles ?

— Il n'y aura pas de funérailles. J'en ai discuté avec mon frère et ma sœur. Nous avons décidé qu'il y aurait seulement un service commémoratif.

— Quelle incidence tout cela aura-t-il sur la renaissance du *Picayune* ?

— Personne ne le sait encore, mais j'ai une bonne nouvelle. Vous rappelez-vous ce coffret métallique de mon père ? A l'intérieur, nous avons trouvé une clef d'un coffre dans une banque de Minneapolis. Il avait mis cent ans d'exploitation du *Picayune* sur microfilm, mais il ne voulait pas que l'on sache comment il avait dépensé son argent.

— Moi aussi, j'ai une bonne nouvelle. Le bureau à cylindre de votre arrière-grand-père est dans mon garage. Ce sera mon cadeau de mariage pour vous et Jody.

— Yoopee ! cria Junior.

Le téléphone continua à carillonner. Hixie Rice appela pour demander si les siamois étaient sains et saufs et s'ils avaient besoin de nourriture. Peu après, ses hauts talons retentirent dans l'escalier. Elle apportait des boîtes de « poulet cordon-bleu ».

— J'ai été absolument catastrophée en apprenant l'incendie, dit-elle, cherchant un cendrier des yeux. Puis-je fumer ?

— Oui, mais ne soufflez pas la fumée sur les chats, leur fourrure pourrait devenir bleue.

Elle sortit un paquet de cigarettes.

— Je devrais cesser de fumer, cela donne des rides.

— Une tasse de café ?

— Si c'est votre fameux poison instantané, non merci !

— Avez-vous des nouvelles de votre chef cuisinier et de ses couteaux ?

— Tenez-vous bien. Avez-vous entendu parler de ce corps non identifié qui a été retrouvé dans une voiture écrasée par une avalanche ? Eh bien, c'était Tony qui se sauvait au Canada avec *ma* voiture !

— Vous avez vraiment un don particulier pour choisir les hommes, Hixie !

— Je vous ai raconté qu'il s'était sauvé par la fenêtre des toilettes, mais je ne vous ai pas tout dit. Tony était un Canadien français qui vivait ici illégalement. Il a changé de nom, teint ses cheveux... Ce n'était pas trop grave, mais il a essayé de frauder une compagnie d'assurances.

— C'est très vilain.

— Il a vendu sa voiture et a prétendu qu'elle lui avait été volée. L'homme qui s'est présenté était un inspecteur d'assurances. La première fois qu'il est venu rôder autour du restaurant, Tony est parti passer quelques jours dans les bois avec le break.

— Sur ma propriété ! Vous m'aviez raconté qu'il était allé voir sa mère malade à Philadelphie.

— Vous croyez toujours tout ce qu'on vous dit !

— Et maintenant ? La perte de votre associé va-t-elle affecter votre travail ?

— C'est ce dont je voulais vous parler. Mon patron avait l'intention d'aller faire une croisière aux Caraïbes avec cette dame Goodwinter qui a décampé avec un autre homme, ce qui ne lui a pas porté chance, entre parenthèses.

— Et à présent, il vous offre de prendre sa place ?

— Eh bien... les réservations sont faites, de toute façon...

— Hixie, vous êtes une véritable héroïne de roman-feuilleton ! Si vous venez chercher un conseil, je n'en ai aucun à vous donner.

— Très bien, je voulais seulement vous tenir au courant. Vous êtes toujours si plein de sympathie !

Après le départ d'Hixie, Qwilleran se prépara pour sa visite à l'hôpital en se demandant ce qui s'était passé au cours de la nuit de noces de Mrs. Cobb. L'avait-il menacée d'incendier le musée ? Dans ce cas, pourquoi ne les avait-elle pas prévenus ?

Il la trouva assise sur une chaise longue dans sa robe de chambre rose. Elle regardait par la fenêtre sans ses lunettes. Il y avait un bouquet d'œillets et de gueules-de-loup à son chevet. On lui avait retiré le poste de radio. Sur une carte posée près des fleurs, on pouvait lire : « Vous nous manquez Koko et Yom Yom. »

— Mrs. Cobb, dit-il doucement.

Aussitôt, elle tendit les mains pour prendre ses lunettes.

— Oh ! Mr. Q., c'est tellement affreux ! J'ai pensé que les chats avaient pu périr dans l'incendie. Et Koko qui a été si affectueux avec moi, hier matin ! Et puis, j'ai su qu'ils étaient saufs. Ces fleurs sont si jolies ! J'en pleurerais d'émotion, s'il me restait encore des larmes. En apprenant ce qui s'était passé au musée, j'ai voulu me tuer. J'étais sûre qu'Herb était coupable. C'était lui, n'est-ce pas ?

Qwilleran hocha la tête :

— Le corps a été identifié. La preuve est faite qu'il a été tué par l'explosion qu'il a provoquée. Je suis navré de vous apporter ces tristes nouvelles.

— Le pire est arrivé. Et je me sens tellement coupable ! Tout est ma faute. Pourquoi ai-je fréquenté un tel homme ? Il a fait ça pour me défier. Pour en arriver à ses fins.

Qwilleran tira une chaise pour s'asseoir et reprit avec bonté :

— Je sais que c'est pénible pour vous, Mrs. Cobb, mais personne ne vous blâme.

— Je m'en irai dès que je sortirai d'ici. Je peux aller vivre à Saint Louis. J'ai appelé mon fils.

— Ne vous sauvez pas. Tout le monde vous aime. Vous êtes considérée comme un membre éminent de la Société historique. Vous pourriez ouvrir une boutique d'antiquaire, faire des expertises, créer une usine de conserves. Vous appartenez à la communauté, maintenant.

— Je n'ai nulle part où aller, nulle part où vivre. J'étais chez moi, ici.

— J'imagine que la ferme Goodwinter va vous revenir...

— Oh ! je ne pourrai jamais vivre là, pas après ce qui s'est passé !

— C'est la maison ancestrale de Junior. Il préférera la voir occupée par quelqu'un comme vous, avec votre amour des vieilles maisons.

— Vous ne comprenez pas !

La moustache tombante de Qwilleran et ses yeux tristes attiraient les confidences.

— Si vous me parliez de ce qui s'est passé, vous vous sentiriez peut-être mieux. Hier matin, vous avez pataugé dans la neige, après avoir été malade toute la nuit. Il a dû se passer quelque chose de bien terrible pour vous bouleverser à ce point ?

— C'est surtout ce qu'il m'a dit.

Qwilleran savait quand il valait mieux garder le silence.

— Il avait bu. Il devenait toujours bavard après quelques verres, non que cela m'ait tracassée.

Qwilleran hocha la tête.

— Il avait l'habitude de se vanter d'actions héroïques dans l'armée. Je ne le croyais qu'à moitié, mais il aimait ça et je n'y voyais pas grand mal. Un jour, il m'a dit que son père avait tué le père de Senior Goodwinter au cours d'une bagarre et que son oncle avait participé au lynchage d'Ephraïm Goodwinter. Il en était fier. Que j'étais donc stupide ! Je le laissais parler et ça le flattait.

Elle soupira et regarda par la fenêtre. Qwilleran enchaîna :

— Puis, samedi soir, à l'hôtel...

— Il a commencé à se vanter de tuer des élans, hors de la saison de la chasse, de falsifier les factures des clients et de frauder le fisc. Il se croyait très malin. Il a dit qu'il faisait « la sale besogne » pour les Entreprises XYZ. Je ne savais que répondre. Je ne savais même pas si je devais le croire.

Elle regarda Qwilleran, en quête d'une approbation. Il eut un hochement de tête peu compromettant.

— C'était ma nuit de noces! s'écria-t-elle avec angoisse.

— Je sais, je sais.

— Alors il m'a raconté que son garage réparait les voitures des Goodwinter. Il connaissait très bien Gritty. Il avait toujours une bouteille dans son bureau et ils la vidaient ensemble. Il semblait penser que c'était un honneur. Je crois que je peux vous confier cela, elle n'est plus là, maintenant.

Il y eut une longue pause. Qwilleran attendit avec patience. Après avoir poussé un gros soupir, elle reprit :

— Gritty voulait se débarrasser de son mari pour épouser Exbridge, mais Senior était ruiné, un divorce ne lui aurait rien rapporté. En revanche, s'il mourait accidentellement, elle touchait de l'argent de l'assurance, de la vente du journal et de la ferme.

Au début Mrs. Cobb était calme, maintenant elle croisait et décroisait ses mains avec nervosité.

— Calmez-vous, dit Qwilleran, reposez-vous un peu. Cette chambre est agréable. C'est celle où je me trouvais, après mon accident de bicyclette, mais elle a été repeinte.

— Oui, elle est d'un joli ton de rose. On dirait un salon de beauté.

— La cuisine est-elle bonne ?

— Je n'ai pas d'appétit, mais c'est bien présenté.

— Les cookies sont affreux, croyez-moi sur parole. Vous devriez leur donner votre recette.

Elle eut un petit sourire. Au bout d'un moment, Qwilleran demanda :

— Herb vous a-t-il dit ce qui était vraiment arrivé à Senior Goodwinter ?

Mrs. Cobb regarda par la fenêtre, puis baissa les yeux sur ses mains :

— Senior avait laissé sa voiture au garage d'Herb, afin de l'équiper pour l'hiver.

Elle s'interrompit, avant de poursuivre d'une voix tremblante :

— Herb l'a trafiquée. J'ai oublié comment, mais de telle sorte qu'il perdrait le contrôle de sa voiture et que les freins ne répondraient plus.

— S'il passait sur un dos-d'âne comme celui du vieux pont de bois, par exemple ?

Elle acquiesça.

— Est-ce ainsi qu'il a pu acheter la ferme pour un bon prix ?

Elle avala sa salive et acquiesça de nouveau.

— Mettre le feu à l'immeuble de *Picayune* faisait, sans doute, partie du même plan ?

— Oh Mr. Q. ! c'est horrible. Je lui ai dit qu'il était un assassin. Il m'a répondu que j'étais l'épouse d'un assassin et que je n'avais qu'à me taire. Il avait l'air terrible. Il allait me frapper. J'ai couru me réfugier dans la salle de bains où je me suis enfermée et j'ai été malade. Quant à lui, il est allé se coucher et a ronflé toute la nuit. Je voulais m'enfuir. Je me suis habillée et j'ai attendu qu'il fasse jour. Quand il a commencé à s'éveiller, j'ai traversé la chambre en courant, en abandonnant mon sac et toutes mes affaires.

— C'est ainsi qu'il a eu les clefs du musée.

Elle poussa un gémissement et son visage habituellement si gai parut tiré et misérable.

En rentrant dans son appartement, Qwilleran ouvrit une boîte de thon pour les chats et disposa les morceaux dans une assiette en porcelaine blanche.

— Plus de cuisine faite à la maison, dit-il aux siamois, plus de repas de gourmets, plus de service ancien en porcelaine.

Ils dévorèrent le thon, têtes baissées et queues dressées, comme des chats ordinaires. Cependant le comportement de Koko avait été extraordinaire. Deux heures avant que l'incendie ne se déclare, il avait voulu quitter la maison. Il *savait* ce qui allait arriver. Que savait-il d'autre ?

Avait-il pu sentir que le mariage de Mrs. Cobb se terminerait par une tragédie ? Comment pouvait-on expliquer autrement sa bizarre performance sur le bouquet de roses du tapis ? Et quand il avait déraciné les plantes potagères, y avait-il eu un lien sémantique avec Herb Hackpole ? Non, cette explication était trop absurde, même pour la vive imagination de Qwilleran. De façon plus vraisemblable, Koko avait seulement mâché des feuilles, comme le font tous les chats, et en particulier celles d'une plante rappelant l'herbe-aux-chats. Cependant, certaines questions restaient sans réponse.

Encore plus étonnant était l'attirance de Koko pour Shakespeare. Sentait-il la reliure en peau de porc ou la cire utilisée pour conserver le cuir, ou encore une colle rare en usage au XIXe siècle pour la reliure ? Et, dans tous les cas, pourquoi préférait-il *Hamlet* ?

Koko leva la tête de son assiette de thon et lança un regard si pénétrant à Qwilleran que celui-ci sentit frémir sa moustache. Quelle était donc l'intrigue de la pièce ? Le père d'Hamlet était victime d'une mort soudaine et sa mère se remariait trop vite. Le fantôme du père d'Hamlet lui révélait qu'il avait été assassiné et le nom de la mère était Gertrude !

Un frisson secoua Qwilleran. Non ! se dit-il, les similitudes avec la tragédie des Goodwinter étaient par trop fantastiques. On deviendrait fou en approfondissant de telles possibilités. La prédilection de Koko pour Hamlet était pure coïncidence. Ce fut, du moins, à cette conclusion qu'il s'arrêta.

Les siamois avaient terminé leur dîner et procédaient à leur toilette. La pièce sentait maintenant le poisson. Qwilleran entrouvrit la fenêtre pour aérer un peu. Il fut, alors, frappé par la scène tragique qui s'étendait sous ses yeux. Il avait devant lui la caricature du noble bâtiment qui était là naguère. Koko avait essayé de communiquer et, s'il avait su comprendre ce qu'il voulait dire, cette destruction inutile aurait pu être évitée.

Que va-t-il arriver maintenant ? se demanda-t-il. On ne pouvait laisser ce bâtiment en ruine. Faudrait-il le démolir ? Il ne restait qu'une solide carcasse de deux étages de pierre de taille de soixante centimètres d'épaisseur. L'immeuble occupait une place de choix dans la rue principale, en face du square avec le Palais de justice, la Bibliothèque municipale et les deux églises.

Koko sauta sur le bord de la fenêtre en faisant « ik, ik, ik », ses yeux bleus pleins d'attente.

— Je regrette que nous n'ayons pas eu davantage de temps pour faire la conversation, ces derniers jours, dit Qwilleran. J'ai eu trop de distractions. Tu ne comprends probablement pas l'incendie et toutes ses ramifications. Le jeu de Shakespeare va-t-il te manquer? Trente-sept livres sans prix ont disparu en fumée. Qu'allons-nous faire de ce qui reste du musée?

Tandis qu'il parlait, la neige se mit à tomber lentement, en silence, recouvrant les ruines calcinées d'une pellicule blanche, voilant cette scène de désastre. Au même moment, Qwilleran se frappa le front.

— J'ai trouvé! s'exclama-t-il, un théâtre!

— YAO! dit Koko.

— Pickax a besoin d'un théâtre. *Le théâtre est le piège*, dit Hamlet. Nous allons avoir un théâtre, Koko, tu pourras jouer Richard III. Hé! Où es-tu?

Le chat avait disparu.

— Où diable ce chat est-il allé se fourrer? tonna Qwilleran.

Koko était retourné à son dîner. Il essayait de lécher le vernis blanc de l'assiette en porcelaine.

Du même auteur
aux Éditions 10/18

Le chat qui lisait à l'envers, n° 2278
Le chat qui mangeait de la laine, n° 2279
Le chat qui aimait la brocante, n° 2280
Le chat qui voyait rouge, n° 2188
Le chat qui jouait Brahms, n° 2189
Le chat qui jouait au postier, n° 2245
► Le chat qui connaissait Shakespeare, n° 2246
Le chat qui sniffait de la colle, n° 2303
Le chat qui inspectait le sous-sol, n° 2321
Le chat qui parlait aux fantômes, n° 2350
Le chat qui vivait haut, n° 2387
Le chat qui connaissait un cardinal, n° 2401
Le chat qui déplaçait des montagnes, n° 2447
Le chat qui n'était pas là, n° 2539
Le chat qui allait au placard, n° 2585
Le chat qui jouait aux dominos, n° 2631
Le chat qui donnait un coup de sifflet, n° 2677
Le chat qui disait cheese, n° 2725
Le chat qui flairait une piste, n° 2870
Le chat qui racontait des histoires, n° 2917
Le chat qui parlait aux oiseaux, n° 3020
Le chat qui regardait les étoiles, n° 3135
Le chat qui volait une banque, n° 3252
Le chat qui flairait l'embrouille, n° 3310
Le chat qui remontait la rivière, n° 3419
Le chat qui cassait la baraque, n° 3536
Le chat qui parlait dindon, n° 3659
Le chat qui jetait des peaux de banane, n° 3837
Le chat qui faisait la bombe, n° 3916
Le chat qui avait un don, n° 4073

Légendes du comté de Moose, n° 3838
La vie secrète du chat qui..., n° 4039

Impression réalisée par

BRODARD & TAUPIN

La Flèche (Sarthe), 59872
N° d'édition : 2134
Dépôt légal : décembre 1991
Nouveau tirage : novembre 2010
X05279/01

Imprimé en France